En las Montañas de la Locura y otros relatos

H. P. Lovecraft

Traducción: Benjamin Briggent

Décima Primera Edición: 2025

Diseño de cubierta: Alejandro Díaz
Maquetación: Saul Rojas

Diseño de cubierta y maquetación: Saul Rojas

Edita: Plutón Ediciones X, s. l.,

E-mail: contacto@plutonediciones.com
http://www.plutonediciones.com

I.S.B.N anterior: 978-84-15089-50-6

I.S.B.N: 979-13-87952-00-6
Depósito Legal: B-19072-2025

Impreso en España / Printed in Spain

Estudio Preliminar

Narración escrita en 1931, fue publicada por primera vez en una revista pionera de la ciencia ficción (*Astounding Stories*) y transformada en novela. Resume la fascinación por la Antártida que sintió Lovecraft durante toda su vida. La obra ha sido calificada como una secuela espiritual de *La Narración de Arthur Gordon Pym* de Poe, publicada también por entregas en 1837. Sin embargo, no puede ser considerada bajo este punto de vista por lo que respecta al argumento. Casi no existen coincidencias textuales y es mejor referirse a un indudable paralelismo de ambos textos.

Los primeros capítulos se basan en las diferentes expediciones de la época, en especial, la del almirante Byrd en 1928 – 1930, al gélido continente. Como dato original, el autor que no toleraba las bajas temperaturas, escoge para su relato el lugar más frío de la tierra y prefiere recrearse con la presentación de su antigua civilización, historia, tecnología, organización social y cultura, antes que enfrentarse a alguna de las amenazadoras criaturas descritas y envueltas en el misterio.

Esta novela, rechazada en un principio por la editorial que había publicado anteriores narraciones y con gran disgusto por parte de Lovecraft, fue aceptada por otro editor y en la actualidad goza de gran estima. Se trata de un relato con gran acopio de datos y muy bien documentado en el que el aeroplano juega un papel predominante, conjuntamente con la radio. Las descripciones paisajísticas son muy poéticas y están muy bien logradas, recordando en muchos casos a Julio Verne.

La prensa día a día fue recogiendo minuciosamente los avances en el helado continente, así como los hallazgos y nuevos descubrimientos. La desbordante fantasía de Lovecraft aparece cuando introduce el descubrimiento fosilizado de monstruosos seres (¿vegetales o animales?) a los que describe (como en *El Horror de Dunwich*) con total y espeluznante detalle, dentro de *Los Mitos de Cthulhu.*

Pero su fantasía alcanza su cenit cuando la expedición descubre las más altas cordilleras antárticas y sobre todo, los restos de una gigantesca ciudad en lo más recóndito de *las montañas de la locura* (demencia provocada por el furioso y devastador viento) que causa terrible estrago en los pioneros de la expedición, en sus animales (perros de trineos) y utensilios. El viento demoníaco de las montañas era capaz de enloquecer y destrozar a cualquiera.

La monstruosa ciudad pétrea podía ser espejismo o realidad. Se trataba de algo gigantesco y prehumano que hacía saltar los conocimientos de la ciencia geológica y prehistórica. Su descripción minuciosa, espeluznante, hace temblar al lector más valiente. Su técnica muy avanzada, era ajena a cualquier vestigio de la especie humana. Los protagonistas —señala Lovecraft—, "no eran dinosaurios sino algo mucho peor". Entonces da paso a una extraña teoría de la evolución en la que (idea muy querida por el escritor) los seres primigenios surgieron del mar, ¿o fueron primitivamente de naturaleza extraterrestre? (como *Cthulhu*) con una estructura semivegetal. Lovecraft aventura el final y destrucción de aquellas ciudades fabulosas.

La sorpresa final, evocadora del *Arthur Gordon Pym* de Poe, la dejamos al lector, advirtiéndole que se arme de valor para enfrentarse a su lectura. Las secuelas de la expedición fueron terribles.

En las Montañas de la Locura

I

Me veo forzado a hablar porque los hombres de ciencia se oponen a seguir mi recomendación sin saber por qué. Va totalmente en contra de mis deseos exponer los argumentos que me llevan a resistirme a la proyectada invasión de las tierras antárticas, con su gran búsqueda de fósiles y la perforación y fusión de milenarias capas glaciales. Y me siento un poco menos inclinado a hacerlo porque quizá mis advertencias sean inútiles.

Es inevitable que se dude de la realidad de los hechos tal como he de revelarlos; sin embargo, si evitara lo que se tendrá por extraño y asombroso, no quedaría nada. Las fotografías mantenidas hasta ahora en mis manos, tanto las normales como las aéreas, hablarán a mi favor por ser terriblemente vívidas y gráficas. Pero incluso así se desconfiará de ellas porque la pericia de un falsificador puede obtener maravillas. Lógicamente, se mofarán de los dibujos a tinta, llamándolos falsificaciones evidentes, a pesar de que la destreza de su técnica debiera provocar a los expertos perplejidad y asombro.

Al fin y al cabo, he de confiar en el discernimiento y la autoridad de los pocos científicos relevantes que tienen, por una parte, suficiente criterio para juzgar mis datos según su propio valor horriblemente convincente o a la luz de algunos ciclos míticos primordiales extremadamente desconcertantes, y, por la otra, la influencia requerida para disuadir a la población general del mundo explorador de llevar a cabo cualquier proyecto, temerario y muy ambicioso en la región de esas montañas de la locura. Es triste el hecho de que hombres casi anónimos como mis colegas y yo, relacionados solamente con una modesta universidad, tenemos pocas oportunidades para influir en cuestiones grandemente extrañas o muy controvertida por naturaleza.

También obra en nuestra contra el no ser, en todo el sentido de la palabra, especialistas en los temas en cuestión. Como geólogo, mi determinación al liderar la expedición de la Universidad de Miskatonic era solamente la de hacerme con muestras de rocas y tierra de niveles muy profundos y de diferentes lugares del continente antártico, con la ayuda de la maravillosa perforadora creada por el profesor Frank H. Pabodie de nuestra facultad de ingeniería. No tenía ambiciones de ser un precursor en ningún otro campo que no fuera aquel, pero sí guardaba la esperanza de que el uso de esa nueva máquina en diferentes puntos de rutas anteriormente exploradas, sacara a relucir material de una especie no conseguida hasta ese entonces por los métodos tradicionales de extracción.

La barrena de Pabodie, como la gente sabe ya por nuestros informes, era única e inimitable por su ligereza, su movilidad y sus posibilidades de combinar el principio de la perforadora artesiana con el de la pequeña barrena circular de rocas, lo que permitía taladrar rápidamente estratos geológicos de diferente dureza. El cabezal de acero, el motor de gasolina, las barras articuladas, el castillete de perforación desmontable hecho de madera, el equipo para dinamitar, la cordada, la paleta para extraer la tierra y la tubería desmontable para efectuar taladros con diámetro de trece centímetros y hasta una profundidad mil quinientos metros, todo ello, junto con los accesorios necesarios, representaba una carga que pudieran llevar tres trineos de siete perros sin ningún problema. Esto era posible gracias a la ingeniosa aleación de aluminio con la que estaban hechas casi todas las piezas metálicas. Cuatro grandes aeroplanos Dornier, hechos expresamente para las considerables alturas de vuelo requeridas en la meseta antártica y provistos de dispositivos suplementarios, ideados por Pabodie, para el calentamiento del combustible y para la rápida puesta en marcha, podían llevar a toda la expedición desde un campamento situado en el límite de la enorme barrera de hielo, hasta varios puntos de tierra adentro, desde los cuales nos bastaría con un número suficiente de perros.

Proyectábamos explorar la mayor amplitud posible de terreno que nos permitiera el transcurso de una estación antártica —o más, si era absolutamente necesario—, trabajando especialmente en las cordilleras y la meseta situadas al sur del mar de Ross, regiones exploradas en profundidad por Shackleton, Amundsen, Scott y Byrd. Con frecuentes cambios de campamentos, realizados en aeroplano, y abarcando grandes distancias como para ser importante desde el punto de vista geológico, deseábamos desenterrar una cantidad nunca antes vista de material, especialmente de los estratos del período precámbrico, del que tan pocas muestras se habían hallado en la Antártida. También queríamos reunir la mayor cantidad posible de muestras de rocas fosilíferas, pues la historia de la vida primigenia en este despojado país de hielo y muerte es de extrema importancia para nuestro conocimiento del pasado del planeta. Es de conocimiento público que el continente antártico fue en otros tiempos templado y hasta tropical, que estuvo envuelto de vegetación espesa y fue rico en vida animal, y cuyos únicos sobrevivientes son los líquenes, la fauna marina, los arácnidos y los pingüinos del borde septentrional. Nuestros deseos eran ampliar ese conocimiento en cuanto a variedad, detalle y exactitud. Cuando una perforación revelara rastros fosilíferos, agrandaríamos la abertura con explosivos para buscar muestras de mejor tamaño y en buen estado.

Nuestras perforaciones, de variable profundidad según lo que permitieran las capas superiores de roca o tierra, se limitarían a terrenos donde el suelo quedara casi o totalmente al descubierto, las cuales habrían de hallarse probablemente en riscos o laderas, pues las tierras más bajas estaban recubiertas por una capa de hielo de uno o dos kilómetros de espesor. No podríamos perder el tiempo perforando simplemente capas de hielo, aunque Pabodie había diseñado un plan para introducir electrodos en grupos de perforaciones y fundir así zonas limitadas de hielo con la corriente creada por un dinamo movido por un motor de gasolina. Este proyecto —que no podía realizar una expedición como la nuestra excepto a modo de experimento—, es el que piensa realizar la expedición Starkweather-Moore, a pesar de las súplicas que he hecho desde que regresé del continente antártico.

El público sabe de la expedición miskatónica por nuestros continuos informes radio-telegráficos enviados al Arkham Advertiser y a la Associated Press, así como por los artículos posteriores de Pabodie y míos. El equipo expedicionario estaba formado por cuatro profesores de la Universidad: Pabodie y Lake, de la Facultad de Biología; Atwood, de la de Física y también meteorólogo, y yo, el geólogo y jefe nominal de la expedición, además de dieciséis auxiliares: siete alumnos recién graduados de la Universidad de Miskatonic y nueve mecánicos especializados. De estos dieciséis, doce eran pilotos de aviación con título, de los cuales todos menos dos eran también excelentes radiotelegrafistas. Ocho de ellos tenían conocimientos de la navegación con sextante y brújula, al igual que Atwood, Pabodie y yo. Además, lógicamente, nuestros dos barcos —antiguos balleneros de madera, reforzados para resistir el hielo y dotados de vapor auxiliar— contaban con una tripulación completa.

La Fundación Nathaniel Derby Pickman, gracias a la ayuda de varias donaciones especiales, subvencionó la expedición; por tanto, nuestros preparativos fueron en extremo minuciosos, a pesar de que no hubiese gran publicidad. Los perros, los trineos, las máquinas, el equipo necesario para el campamento, y las piezas desmontadas de los cinco aeroplanos fueron llevados hasta Boston, donde se cargaron los barcos. íbamos maravillosamente bien equipados para nuestros fines determinados, y en todo lo relativo a suministros, régimen, transporte y construcción de campamentos, seguimos el magnífico ejemplo de nuestros recientes y numerosos predecesores, excepcionalmente brillantes. Fue la gran cantidad y la fama de estos predecesores lo que hizo que nuestra expedición, aunque muy importante, despertara poca atención en el mundo.

Como documentaron los periódicos, nos hicimos a la mar desde el puerto de Boston el 2 de septiembre de 1930 y navegamos apaciblemente costa abajo para atravesar el canal de Panamá, haciendo escala en Samoa y en Hobart, Tasmania, donde cargamos las últimas provisiones. Ninguno de los integrantes de la expedición había estado hasta ese entonces en las regiones polares, por lo cual pusimos nuestra confianza en los capitanes de los buques, J. B. Douglas, que comandaba el bergantín *Arkham* y la expedición marina, y Georg Thorfynnssen, capitán del *Miskatonic*, navío de tres palos, ambos curtidos balleneros en aguas antárticas.

A medida que íbamos dejando atrás el mundo poblado, el sol se hundía más y más bajo en el norte y cada día permanecía más tiempo sobre el horizonte. Cuando alcanzamos los 62 grados de latitud sur, vimos los primeros icebergs —parecidos a mesas de lados verticales— y justo antes de llegar al círculo polar antártico, que cruzamos el 20 de octubre con la pintoresca ceremonia habitual, nos vimos considerablemente perturbados por el hielo. El descenso violento de la temperatura me molestaba considerablemente después de la larga travesía tropical, pero traté de recuperar los ánimos para hacer frente a los mayores rigores que se avecinaban. En varias ocasiones me fascinaron los extraños efectos atmosféricos; entre ellos un espejismo singularmente vívido, el primero que había visto jamás, en el que los icebergs distantes se convirtieron en cresterías de imposibles castillos cósmicos.

Fuimos abriéndonos paso entre los hielos, que afortunadamente no ocupaban una gran superficie ni estaban aglomerados densamente, hasta llegar de nuevo a un lugar de aguas menos heladas a 67 grados de latitud sur y 175 grados de longitud este. En la mañana del 26 de octubre apareció en el sur una ancha faja de tierra, y antes del mediodía sentimos la alegría de ver una gran cadena de montañas elevadas cubiertas de nieve que se abría abarcando la totalidad del paisaje que teníamos frente a nosotros. Habíamos llegado al fin a un avanzado puesto del gran continente desconocido y de su inescrutable mundo de muerte helada. Aquellos picos eran sin duda los de la Cordillera del Almirantazgo, descubierta por Ross, y ahora debíamos doblar en el cabo Adare y bajar costeando Tierra Victoria hasta alcanzar nuestra base proyectada en la ribera de la bahía de McMurdo, al pie del volcán Erebus, situado a 77° 9' de latitud sur.

La última fase de la travesía fue vívida y estimulante para la imaginación. Grandes picos desnudos, envueltos en secretos, surgían regularmente hacia el Oeste mientras el bajo sol septentrional del mediodía, o el sol meridional de medianoche, tan bajo que rozaba levemente el horizonte, derramaba sus neblinosos rayos rojizos sobre la blanca nieve, los cauces de agua, el hielo azulado, y algunos fragmentos negros de la ladera de granito que quedaban al descubierto. A través de las desiertas cimas pasaban intermitentes y furiosas ráfagas de terrible viento antártico, cuya cadencia hacía pensar a veces, en una música indómita y casi dotada de sensibilidad. Sus flotas recorrían una prolongada escala que, por alguna reacción del recuerdo subconsciente, me parecía inquietante e incluso curiosamente terrible. Algo de aquel paisaje me evocaba las extrañas y perturbadoras pinturas asiáticas de Nicholas Roerich y las descripciones, aún más alarmantes, de la meseta de Leng, de fama perversa, que aparecen en el terrible Necronomicón del demente árabe Abdul Alhazred. Más tarde me arrepentí haber examinado ese monstruoso libro en la biblioteca de la Universidad.

El 7 de noviembre, escondida de nuestra vista por el momento la cordillera occidental, pasamos ante la Isla de Franklin y al día siguiente divisamos los conos de los montes Erebus y Terror de la isla de Ross, con la extensa hilera de las montañas de Parry alzándose a lo lejos. Ahora se alargaba hacia el Este la línea blanca y baja de la inmensa barrera de hielo que se elevaba verticalmente hasta una altura de sesenta y un metros, como los pétreos acantilados de Quebec, delimitando la navegación hacia el Sur. Por la tarde accedimos a la bahía de McMurdo y permanecimos alejados de la costa, a sotavento del vaporoso monte Erebus. El pico de escombros se recortaba con sus tres mil novescientos metros de altura sobre el cielo del Este como un grabado japonés del monte Fujiyama, mientras que más allá se alzaba la cumbre fantasmal y blanca del monte del Terror, de tres mil trescientos metros de altura y ahora un volcán extinto.

Desde el Erebus llegaban alientos de humo intermitentes y uno de los ayudantes graduados, un admirable muchacho llamado Danforth, señaló lo que parecía ser lava en la ladera nevada y comentó que esta montaña, descubierta en 1840, había inspirado sin duda la alegoría de Poe cuando este escribió siete años después: *las lavas que derraman sin descanso sus sulfúreas corrientes por el Yaanek en las más lejanas regiones del Polo.*

Danforth era muy aficionado a la lectura de libros extravagantes y me había hablado mucho de Poe. A mí me interesaba este autor por el ambiente antártico de su única narración larga, la del inquietante y enigmático Arthur Gordon Pym. En la costa despojada y sobre la gran barrera de hielo del fondo, millares de pingüinos grotescos graznaban y agitaban sus aletas, mientras que en el agua se veía un gran número de focas gruesas, nadando o tendidas sobre grandes fragmentos de hielo a la deriva.

Utilizando pequeños botes, logramos desembarcar con inconvenientes en la isla de Ross poco después de medianoche, en la madrugada del día 9, llevando un extremo de cable de cada barco y preparándonos para bajar las provisiones y el equipo con ayuda de un andarivel. Experimentamos complejas y profundas sensaciones al pisar por vez primera la Antártida, aunque las expediciones de Scott y Shackleton nos habían antecedido en ese preciso lugar. El campamento, situado en la costa congelada, al pie de la ladera del volcán, era solamente provisional, ya que la base de operaciones permaneció a bordo del Arkham. Desembarcamos el equipo de perforación, los trineos, los perros, los bidones de gasolina, las tiendas, el equipo experimental de fusión de hielo, las máquinas de fotografía, tanto aéreas como normales, las piezas de los aeroplanos y otros accesorios, entre ellos tres aparatos de radio portátiles —además de los que irían en los aeroplanos— capaces de comunicar con el equipo más potente del Arkham desde cualquier sitio del continente antártico que pudiéramos alcanzar. El equipo del barco, en contacto con el mundo exterior, transmitiría nuestros informes de prensa a la potente estación del Arkham Advertiser situada en Kingsport Head, Massachusetts. Esperábamos dar fin a nuestra tarea en solo un verano antártico, pero si esto no era posible, invernaríamos en el Arkham y enviaríamos el Miskatonic al Norte antes de que los hielos se cerraran, en busca de provisiones para otro verano.

No es preciso que repita lo que ya ha publicado la prensa acerca de nuestros primeros trabajos: nuestra subida al monte Erebus, las perforaciones que llevamos a feliz término en diversos lugares de la isla Ross con el fin de hallar minerales, y la singular velocidad con que las llevó a cabo el aparato de Pabodie, incluso a través de estratos de piedra maciza; el ensayo provisional de nuestro equipo reducido de fusión de hielo; la peligrosa ascensión de la gran barrera con provisiones y trineos, y del montaje final de cinco enormes aeroplanos en el campamento situado en lo alto de la barrera. La salud de nuestro grupo de incursión —veinte hombres y cincuenta y cinco perros de Alaska— era extraordinaria, aunque lo cierto era que aún no habíamos encontrado fríos ni temporales realmente rigurosos. Por lo general, la temperatura oscilaba entre los 0 grados y los 20 o 25 Fahrenheit y los inviernos pasados en Nueva Inglaterra ya nos habían preparado a tales inclemencias. El campamento de lo alto de la barrera era semipermanente y estaba dedicado a almacenar gasolina, provisiones, dinamita y otros suministros.

Solo eran imprescindibles cuatro aeroplanos para transportar el equipo de exploración; el quinto lo dejamos en custodia de un piloto y dos hombres de la tripulación, en el depósito, como medio de llegar hasta nosotros desde el Arkham en caso de que se perdieran todos los aviones de exploración. Más adelante, cuando utilizáramos todos los demás aviones para el transporte del equipo, destinaríamos un par para establecer una especie de puente aéreo entre el depósito y otra base permanente situada en la gran meseta, a unos mil kilómetros hacia el sur, más allá del glaciar de Beardmore. A pesar de los informes casi unánimes acerca de tempestades y los terribles vientos que soplaban sobre la meseta, decidimos renunciar a las bases a medio camino, arriesgándonos así en beneficio de la economía y de una eficiencia probable.

Los informes radiotelegráficos narraron el impresionante vuelo de cuatro horas sin escala que efectuó nuestra flotilla el 21 de noviembre por encima del elevado banco de hielo, con grandiosas cumbres alzándose al Oeste mientras los silencios insondables nos devolvían el eco del sonido de nuestros motores. Los vientos nos molestaron solo un poco y las brújulas radiogonométricas nos ayudaron a atravesar la escasa niebla opaca que encontramos. Cuando las imponentes alturas se alzaron ante nosotros, entre 83 y 84 grados de latitud, supimos que habíamos arribado al glaciar Beardmore, el mayor del mundo entre los situados en un valle, y que el mar helado daba ahora paso a una costa áspera y montañosa. Al fin entrábamos en el blanco mundo de los confines meridionales, muerto durante incontables eones. Al mismo tiempo, vimos a lo lejos, hacia el Este, la cumbre del monte Nansen que se elevaba hasta una altura de casi cuatro mil seiscientos metros. La instalación de la base sur sobre el glaciar, a 860° 1' de latitud y 174° 23' de longitud este, llevada a cabo con toda tranquilidad, y los rápidos taladros y minados efectuados en varios puntos durante nuestras excursiones en trineo y cortos vuelos en avión, ya han pasado a la historia, así como el duro y feliz ascenso al monte Nansen que llevaron a cabo Pabodie y dos de los estudiantes graduados —Gedney y Carroll— del 13 al 15 de diciembre. Estábamos a unos dos mil quinientos metros sobre el nivel del mar, y cuando las perforaciones experimentales revelaron, en ciertas zonas la existencia de tierra firme a una profundidad de solo cuatro metros por debajo del hielo y de la nieve, utilizamos a menudo el pequeño aparato de fusión taladrando y dinamitando en muchos sitios donde ningún explorador había pensado siquiera en recoger muestras de minerales. Los granitos precámbricos y los ejemplares de arenisca hallados así, nos afirmaron en la creencia de que la meseta formaba una base homogénea con la mayor parte del territorio que quedaba al oeste, pero era algo distinta de las zonas que se encontraban al este, por debajo de la América del Sur, zonas que entonces creíamos que constituían un continente aparte y más pequeño, separado del mayor por la unión de los dos mares helados de Ross y Weddell, aunque Byrd ha demostrado después lo erróneo de tal hipótesis.

En algunas de las muestras de arenisca, obtenidas con dinamita y trabajadas a cincel después de que una perforación exploratoria revelara su composición, encontramos algunas marcas y fragmentos de fósiles realmente atrayentes, especialmente líquenes, algas, trilobites, crinoideos y algunos moluscos tales como linguellae y gasterópodos, los cuales parecían haber tenido mucha importancia en la historia primigenia de aquella zona. También descubrimos una curiosa marca triangular y estriada, de más o menos 30 centímetros de diámetro, que Lake restauró con tres fragmentos de pizarra extraídos de una profunda abertura dinamitada. Estos fragmentos procedían de un lugar situado al oeste, cerca de la cordillera de la Reina Alejandra. Lake, como biólogo, juzgó estas extrañas marcas enormemente interesantes y difíciles de explicar, aunque a mí, en cuanto geólogo, no me parecieron diferentes de algunos efectos ondulados bastante comunes en las rocas de sedimentación. Dado que la pizarra no es más que una formación metamórfica a la que se ha sumado a fuerza de presión un estrato sedimentario y dado que esta presión produce extraños efectos deformantes en cualquier marca previa, no vi razón para tal asombro ante esa huella estriada.

El 6 de enero de 1931, Lake, Pabodie, Daniels, cuatro mecánicos, los seis estudiantes y yo, volamos directamente por encima del Polo Sur en dos grandes aeroplanos, viéndonos obligados en una oportunidad a tomar tierra por un fuerte viento que afortunadamente no se convirtió en un típico vendaval. Como ha dicho la prensa, este fue uno de los varios vuelos de observación en que tratamos de descubrir nuevas características topográficas en regiones no alcanzadas anteriormente por otras exploraciones. Nuestros primeros vuelos resultaron frustrantes respecto a esto último, aunque sí nos permitieron contemplar algunos magníficos ejemplos de los engañosos espejismos, enormemente fantásticos, propios de las regiones polares, fenómenos de los que el viaje por mar nos había regalado algún indicio. Flotaban en el cielo montañas lejanas como ciudades hechizadas y a menudo todo el mundo blanco se diluía en una tierra dorada, plateada y escarlata, tierra de ensueños dunsanianos y prometedora de aventuras bajo la hipnótica luz de un sol de medianoche. En días nublados nos era muy difícil volar a causa de la tendencia del cielo y la tierra nevada a fundirse en un místico vacío opalescente, sin horizonte apreciable que señalara la conjunción de uno y otra.

Al fin decidimos llevar a cabo nuestro primer proyecto de volar ochocientos kilómetros hacia el Este con los cuatro aviones de exploración y crear una nueva base auxiliar en un punto que, con algo de certeza, estaría situado en el continente menor o lo que erróneamente juzgábamos como tal. Las muestras geológicas que allí consiguiéramos nos servirían para comparar. Nuestra salud hasta entonces continuaba en excelente estado, pues el zumo de lima compensaba de sobra el régimen continuo a base de conservas y alimentos salados, y las temperaturas, generalmente superiores a los cero grados, nos permitían prescindir a veces de las pieles más gruesas. Estábamos a mediados de verano, y, si nos dábamos prisa, tal vez pudiéramos acabar la tarea para marzo y evitar la tediosa invernada durante la larga noche antártica. Muchas tormentas huracanadas embestían contra nosotros desde el este, pero logramos salir ilesos gracias a la habilidad de Atwood para construir rudimentarios hangares y defensas contra el viento con grandes bloques de hielo, y para reforzar con más nieve los principales refugios del campamento. Nuestra eficiencia y buena fortuna habían sido casi prodigiosas.

Todo el mundo sabía de nuestro proyecto y fue informado también sobre la extraña y firme insistencia de Lake en realizar un viaje exploratorio hacia el oeste, o mejor dicho hacia el noroeste, antes de nuestro traslado definitivo a la nueva base. Parece que había pensado mucho, y con una osadía extrema, sobre la extraña marca triangular y estriada observada en la pizarra, descubriendo en ella algunas contradicciones entre su naturaleza y el período geológico al que pertenecía, contradicciones que habían despertado toda su curiosidad, por lo que deseaba hacer perforaciones y voladuras en la zona que se extendía hacia occidente y a la que claramente pertenecían los fragmentos excavados. Estaba extrañamente atraído por la idea de que aquellas marcas eran el vestigio de algún gran organismo, inclasificable, desconocido y de evolución considerablemente avanzada, a pesar de que la roca donde se descubrieron era de tan remotísima antigüedad —cámbrica, si no decisivamente precámbrica— que excluía la posible presencia no solo de muchas clases de vida evolucionada, sino también de cualquier forma de vida superior a la de una etapa unicelular o, a lo sumo, de los trilobites. Esos fragmentos, con sus marcas tan extrañas, debían tener una antigüedad entre quinientos a mil millones de años.

II

Sospecho que el consciente colectivo respondió enérgicamente a nuestros boletines radiotelegrafiados acerca de la partida de Lake hacia el noroeste para penetrar en regiones jamás tocadas por los pasos del hombre o imaginadas por nadie, aunque no incluimos en ellos sus extravagantes esperanzas de transformar todas las ciencia biológicas y geológicas. Su primer viaje en trineo para realizar perforaciones, realizado entre el 11 y el 18 de enero con Pabodie y otros cinco, casi fracasó por la pérdida de dos perros en un vuelco al cruzar una de las grandes lomas de hielo, habían conseguido nuevas muestras de pizarra de la era precámbrica e incluso yo me vi seducido por la singular cantidad de marcas claramente fósiles en aquel estrato de gran antigüedad. Esas marcas, a pesar de todo, correspondían a formas de vida en extremo primitivas y no ofrecían otra contradicción que el hecho de darse en rocas tan específicamente precámbricas como aquellas parecían ser, por esa razón seguía yo sin encontrarle razón a la imposición de Lake de hacer una interrupción en nuestro programa, con la intención de ahorrar tiempo. Esta interrupción exigía el uso de los cuatro aeroplanos, de mucha mano de obra y de la totalidad del equipo mecánico de la expedición. A fin de cuentas no prohibí el proyecto, sin embargo opté por no acompañar al grupo al Noroeste, a pesar de que Lake había requerido mi asesoramiento como geólogo. Yo permanecería en la base con Pabodie mientras ellos estuvieran fuera y junto a cinco hombres más trazaríamos los planes definitivos para el traslado hacia el Este. En vista de este futuro traslado, uno de los aeroplanos había empezado ya a transportar una buena cantidad de gasolina desde la bahía de McMurdo, pero por el momento esto podía esperar. Aparté un trineo y nueve perros, pues era muy imprudente quedarse sin posibilidad alguna de transporte en un mundo absolutamente muerto y deshabitado durante eones.

La segunda expedición de Lake al interior de lo desconocido envió, como todos recordarán, varios mensajes a través de los transmisores de onda corta de los aeroplanos, mensajes que eran simultáneamente captados por nuestros receptores de la base sur y por el Arkham, fondeado en la bahía de McMurdo, los cuales los retransmitían al mundo exterior por longitudes de onda de hacia cincuenta metros. Dieron comienzo a su camino el 22 de enero a las cuatro de la madrugada y el primer mensaje de radio llegó tan solo dos horas después; en él Lake comunicaba que habían aterrizado y comenzado una labor de perforación y de fusión del hielo a pequeña escala en un punto situado a unos trescientos kilómetros de donde nos hallábamos. Seis horas más tarde un segundo mensaje, muy emocionado, nos contaba el trabajo frenético, como de castor, con que habían taladrado una perforación, ensanchada luego con explosivos, y que había culminado con el descubrimiento de un fragmento de pizarra con varias marcas más o menos iguales a las que habían despertado nuestra curiosidad en un principio.

Tres horas más tarde, un breve boletín nos comunicaba la reanudación del vuelo enfrentado contra un crudo y penetrante temporal, y cuando yo envié un nuevo mensaje de protesta oponiéndome al combate con nuevos riesgos, Lake contestó secamente que las nuevas muestras justificaban afrontar cualquier riesgo. Comprendí que el entusiasmo casi alcanzaba el límite de la sublevación y que nada podía hacer por evitar el peligro que amenaza ahora el éxito de la expedición, pero me aterrorizó pensar que Lake se fuera aventurando más y más profundamente en aquella traidora y blanca inmensidad llena de tempestades y profundos misterios, que se extendía a lo largo de dos mil kilómetros hacia las costas, mitad conocidas, mitad supuestas, de las tierras de la Reina María y de Knox.

Al cabo de otra hora y media más o menos nos llegó un mensaje doblemente excitado enviado en vuelo desde el avión de Lake, que casi me hizo cambiar absolutamente de opinión y me llevó a desear haberles acompañado:

«10.05 noche. En vuelo. Después tormenta de nieve observamos cordillera más elevada que todas las vistas hasta ahora. Quizá tan alta como Himalaya considerando altitud meseta. Probablemente a 76° 15' de latitud y 113° 10' de longitud este. Se extiende hacia derecha e izquierda hasta donde llega la vista. Creo percibir dos humeantes conos. Todos los picos negros y sin nieve. Vendaval que sopla desde ellos hace imposible la navegación.»

Después de recibir este mensaje, Pabodie, los hombres y yo permanecimos sin respirar junto a la radio. La imagen de aquella colosal muralla montañosa ubicada a mil kilómetros de distancia inflamó nuestro más profundo sentido de la aventura y celebramos de que fuera nuestra expedición, aunque no nosotros personalmente, quien la hubiera descubierto. Al cabo de treinta minutos volvió a llamar Lake:

«Aeroplano de Moulton obligado aterrizar en meseta al pie de las montañas, pero no hay heridos y quizá podamos repararlo. Trasladaremos solo lo imprescindible a los otros tres aparatos para regreso o vuelos posteriores si son necesarios, pero por ahora no necesitamos más expediciones de esta amplitud. Montañas sobrepasan todo lo imaginable. Me dispongo a efectuar vuelo de exploración en aparato de Carroll libre de carga.

»Imposible imaginar nada igual. Los picos más elevados deben tener más de once mil metros. El Everest no es nada en comparación con esto. Atwood va a calcular altura con teodolito mientras Carroll y yo investigamos. Probablemente nos equivocamos acerca los conos, pues las formaciones parecen estratificadas. Posiblemente pizarra precámbrica mezclada con otras vetas. Extrañas siluetas en el horizonte con fragmentos de cubos adyacentes a picos más altos. Todo ello maravilloso a la luz dorada rojiza del sol bajo, como tierra misteriosa vista en sueños o como puerta que da a un mundo prohibido de maravillas jamás vistas. Me gustaría estuvieran aquí para estudiarlo.»

Aunque había llegado ya la hora habituada de dormir ninguno de los que estábamos a la escucha pensamos ni por un momento en hacerlo. Lo mismo debía de ocurrir en la bahía de McMurdo, en donde tanto el almacén de materiales como el Arkham recibían también los mensajes, pues el capitán Douglas nos llamó para congratularnos a todos por el importante descubrimiento y Sherman, el encargado del almacén, se unió a la felicitación. Naturalmente, lamentamos lo del aeroplano averiado, pero esperamos que fuera fácilmente arreglado. A las 11 de la noche recibimos un nuevo mensaje de Lake:

«He volado con Carroll sobre las ramificaciones más altas. No me atrevo a pasar con este clima sobre picos tan elevados, pero lo haré después. Difícil volar y difícil subir a esta altura, pero vale la pena. La gran cordillera es bastante cerrada, lo que impide ver qué hay del otro lado. Picos principales más altos que el Himalaya y muy curiosos. La cordillera parece de pizarra precámbrica con claros indicios de otros estratos. Equivocado en cuanto a volcanismo. Se extiende en las dos direcciones más allá de lo que llega la vista. Limpia de nieve por encima de los sesenta y un mil metros.

»Formaciones extrañas en laderas de montañas más altas. Grandes bloques cuadrados y bajos con lados totalmente verticales y líneas rectangulares de paredes verticales, como los antiguos castillos de Asia, adheridos a las empinadas montañas que aparecen en los cuadros de Roerich. Impresionantes desde lejos. Volamos cerca de algunos y a Carroll le pareció estaban formados por partes separadas más pequeñas, pero se trata quizá de la erosión. La mayor parte de las aristas desgastadas y redondeadas como si hubiesen estado expuestas a tormentas y cambios climáticos desde hace millones de años.

»Algunas partes, especialmente las superiores, parecen ser de roca de colorido más claro que los estratos distinguibles en laderas propiamente dichas, lo que indica que son de origen obviamente cristalino. Desde más cerca me ven muchas bocas de cavernas, algunas de contornos extrañamente regulares, semicirculares o cuadradas. Debes venir y estudiarlo todo. Creo que he visto una pared asentada verticalmente en lo alto de un pico. La altura fluctúa entre los nueve y los once mil metros. Volamos a una altitud de seis mil quinientos metros con un frío terrible que nos caía hasta los huesos. El viento aúlla y silba a través de las gargantas y entrando y saliendo de las cavernas, pero hasta ahora el vuelo no ha revestido peligro alguno.»

A partir de entonces y durante los treinta minutos siguientes Lake desató una riada de comentarios manifestando su intención de escalar algunas de las cumbres. Le respondí que me reuniría con él tan pronto pudiera enviar un avión y que Pabodie y yo diseñaríamos el plan más adecuado para el abastecimiento de gasolina: dónde y cómo concentrar las provisiones en vista del cambio de programa de la expedición. Evidentemente, las labores de sondeo de Lake, así como las exploraciones aéreas, exigirían gran cantidad de combustible en la base nueva que tenía intención de crear al pie de las montañas; y entraba dentro de lo posible que, después de todo, no hiciéramos en esta estación el vuelo hacia el este. En relación con esto, llamé al capitán Douglas y le pedí que desembarcara todos los suministros que pudiese y los llevase más allá de la barrera con el único trineo de perros que habíamos dejado allí. Lo que teníamos que hacer era constituir una ruta directa que cruzase la región desconocida que separaba el lugar en que se hallaba Lake de la bahía de McMurdo. Lake me llamó más tarde para hacerme saber que había tenido que dejar el campamento en el lugar donde se había visto obligado a aterrizar el aeroplano de Moulton, y donde las reparaciones habían progresado algo. La capa de hielo era muy fina y dejaba ver aquí y allá trozos de tierra oscura. Lake quería llevar a cabo algunas perforaciones y hacer estallar algunos barrenos en aquel lugar antes de explorar en trineo o de emprender ninguna subida. Me habló de la sublime majestuosidad del panorama y de las extrañas sensaciones que le producía encontrarse al refugio de inmensas y silenciosas cúspides que, formando hileras, se disparaban hacia lo alto como un muro que alcanzase el cielo en el fin del mundo. El teodolito de Atwood había determinado la altura de los cinco picos más altos entre los nueve y diez mil doscientos metros. La forma en que el terreno estaba barrido por el viento preocupaba a Lake, pues vaticinaba la existencia de tremendas borrascas de violencia mucho más acentuada que cualquiera de las que habíamos sufrido hasta ahora. Su campamento se hallaba a algo más de ocho kilómetros del lugar en que las ramificaciones de las montañas se elevaban bruscamente. Casi pude percibir un tono de miedo subconsciente en sus palabras, transmitidas a través de un vacío helado de mil kilómetros, cuando nos exhortaba a darnos prisa pera acabar lo antes posible la tarea en aquella nueva región. Se disponía a descansar un poco después de un día de trabajo, esfuerzo y resultados sin precedentes.

Por la mañana tuve una conversación por radio con Lake y el capitán Douglas, que se hallaban en sus bases respectivas, muy lejanas entre sí. Acordamos que uno de los aviones de Lake vendría a mi base a buscarnos a Pabodie, a cinco hombres y a mí, y a llevar también toda la gasolina que pudiera. El asunto del combustible podía esperar unos días más según lo que decidiéramos acerca de la expedición hacia el este, pues Lake tenía bastante en su campamento para sus necesidades inmediatas de calefacción y perforado. En algún momento tendríamos que reabastecer la base del sur, pero si retrasábamos la excursión hacia el este no la usaríamos hasta el próximo verano, y mientras tanto Lake debía enviar un aparato para explorar una ruta directa entre sus montañas nuevas y la bahía de McMurdo. Pabodie y yo nos aprestamos a cerrar nuestra base durante el tiempo que fuese necesario. Si invernábamos en el Antártico, probablemente volaríamos en línea directa desde la base de Lake al Arkham sin regresar a ese lugar. Habíamos fortificado algunas de las tiendas cónicas con bloques de nieve endurecida y ahora decidimos continuar el trabajo para crear un poblado permanente. Lake tenía todas las tiendas que podía requerir aun después de nuestra llegada. Le envié un mensaje por radio diciendo que Pabodie y yo estaríamos preparados para salir hacia el Norte después de un día de trabajo y una noche de reposo.

Sin embargo, nuestra tarea no fue muy constante a partir de las 4 de la tarde, pues Lake comenzó a enviar unos mensajes extremadamente sorprendentes y muy excitados. Su día de trabajo había empezado con malos augurios, ya que un vuelo de exploración de las superficies rocosas que quedaban casi al desnudo había revelado una total ausencia de los estratos arcaicos y primigenios que buscaba y que componían una parte tan considerable de las colosales cumbres que se elevaban a sorprendente distancia del campamento. La mayor parte de las rocas que se veían eran probablemente areniscas jurásicas y comanchienses y esquistos pérmicos y triásicos con un brote aquí y allá de un negro brillante que hacía pensar en antracita o carbón esquistoso. Esto desanimó un tanto a Lake, cuya aspiración era descubrir muestras con más de quinientos millones de años. Le resultó claro que para encontrar vetas de pizarra arcaica como aquellas en que había descubierto las misteriosas marcas, tendría que hacer una larga expedición en trineo desde las estribaciones a las escarpadas laderas de las gigantescas montañas.

No obstante, había decidido hacer algunas perforaciones allí mismo como parte del programa general de la expedición, por lo que montó el taladro y puso a trabajar en ella a cinco hombres mientras los demás acababan de instalar el campamento y de reparar el avión averiado. Se eligió para el primer examen la roca visible más blanda —una piedra arenisca que se encontraba aproximadamente a unos centenares de metros del campamento—, y la taladradora hizo excelentes avances sin necesidad de muchos barrenos auxiliares. Fue alrededor de tres horas más tarde, después de la primer explosión realmente potente, cuando se oyeron los alaridos del equipo de perforación y cuando Gedney —que hacía las veces de capataz— llegó corriendo al campamento con la noticia.

Habían topado con una cueva. Al poco tiempo de comenzar la perforación la piedra arenisca había sido reemplazada por una veta de piedra caliza comanchiense, llena de pequeñísimos fósiles de cefalópodos, corales, equinodermos, braquiópodos y, a veces, indicios de esponjas silíceas y huesos de vertebrados marinos, procedentes estos últimos con toda probabilidad de teleósteos, tiburones y ganoideos. Esto era ya de por sí suficientemente importante, pues eran los primeros fósiles de vertebrados hallados por la expedición; pero cuando tiempo después el cabezal de la perforadora acabó de taladrar el estrato para llegar a una oquedad, una nueva ola de emoción más intensa se apoderó de los perforadores. Un barreno de buen tamaño había dejado al descubierto el secreto bajo la tierra; y ahora, allí, a través de un torcido agujero de tal vez un metro y medio de largo por uno de ancho, se abría ante los ansiosos exploradores parte de una oquedad socavada hacía más de cincuenta millones de años por el flujo tenaz de aguas subterráneas de un desaparecido mundo tropical.

El estrato en que se abría el agujero no tenía más de dos metros y medio de profundidad, pero se extendía interminablemente en todas direcciones y se respiraba en ella un fresco viento que hacía pensar que pertenecía a un vasto sistema subterráneo. Techo y suelo mostraban muchas estalactitas y estalagmitas grandes, algunas de las cuales se unían formando columnas; pero lo más importante de todo era el gran depósito de conchas y huesos que en algunos lugares casi impedían el paso. Arrastrados por las aguas desde selvas desconocidas, de helechos arborescentes, hongos mesozoicos, bosques de cicadáceas, palmeras de abanico y angiospermas primitivas del terciario, había en este depósito óseo más ejemplares de especies de animales del cretáceo, del eoceno y de otras épocas que las que hubiera podido clasificar y contar el más sabio paleontólogo en un año. Moluscos, caparazones de crustáceos, peces, anfibios, reptiles, aves y mamíferos primitivos, todos ellos grandes y pequeños, desconocidos y conocidos. No es de asombrar, pues, que Gedney volviera al campamento corriendo y vociferando, ni debe maravillar que todos los demás dejaran el trabajo y corrieran desafiando el penetrante frío hacia el lugar donde la torreta anunciaba el emplazamiento de la recién descubierta entrada a los secretos de la tierra interior y de eones pasados.

Cuando Lake hubo saciado las primeras punzadas de la curiosidad, garabateó un mensaje en su cuaderno de notas y encomendó al joven Moulton que lo llevara inmediatamente al campamento para radiarlo. Fue aquella la primera noticia que tuve del hallazgo, y en ella se hablaba de la identificación de conchas primitivas, de huesos de ganoideos y placodermos, de rastros de laberintodontes y tecodontes, de trozos grandes de cráneos de mesosaurios, vértebras y pedazos de caparazones de dinosaurios, de dientes y huesos de alas de pterodáctilos, de restos de primitivas aves, dientes de tiburón del mioceno, cráneos de aves primitivas y de otros huesos de desaparecidos mamíferos, como los paleoterios, los xifodones, los xifoideos, los eopideos, los oredones y los titatoneros. No había nada que correspondiera a animales más recientes como el mastodonte, el elefante, el verdadero camello, el ciervo o los animales bovinos, por lo que Lake concluyó que los depósitos más modernos eran del oligoceno y que el estrato excavado había permanecido seco, inaccesible y muerto, durante treinta millones de años por lo menos.

Por otro lado, la preponderancia de formas muy tempranas de vida era asombrosamente curiosa. Aunque la formación de piedra caliza, por los fósiles que contenía, tan característicos como las ventriculitas, era indiscutiblemente comanchiense y en ningún modo anterior, entre los fragmentos sueltos que se hallaban en la abertura había una sorprendente proporción de organismos considerados hasta ahora como nativos de períodos muy anteriores, entre ellos algunos peces primarios y moluscos y corales que podían clasificarse como procedentes de períodos tan remotos como el silúrico superior o el ordoviciense. La inevitable conclusión era que en esta parte del planeta había habido un grado de continuidad excepcional entre la vida de hace más de trescientos millones de años y la de hace tan solo treinta millones. Esclarecer hasta qué punto había persistido esta continuidad después de la era oligogénica, cuando se cerró la cueva, era algo que estaba, desde luego, más allá de cualquier conjetura. En cualquier lugar, la llegada del hielo terrible del pleistoceno hace unos quinientos mil años —poco más que ayer en confrontación con la antigüedad de aquella caverna— debió de exterminar a las formas primitivas de vida que habían logrado sobrevivir más allá del límite general alcanzado por sus congéneres.

Lake no se conformó con enviar este primer mensaje, sino que hizo redactar otro boletín y transmitirlo a través de la nieve hasta la base antes que Moulton pudiera regresar. Acto seguido, Moulton permaneció junto a la radio en uno de los aviones transmitiéndome a mí —y al *Arkham,* que transmitía a su vez al mundo exterior— las numerosas aclaraciones que Lake le enviaba usando una serie de mensajeros. Quienes siguieran aquel asunto en la prensa recordarán la agitación que provocaron en los hombres de ciencia las noticias de aquel día, noticias que finalmente haya dado lugar, al cabo de tantos tiempo, a la organización de la Expedición Starkweather-Moore, cuyos propósitos tan ardientemente deseo desalentar. Será mejor que transcriba fielmente los mensajes tal como los envió Lake y como los tradujo McTighe, nuestro radiotelegrafista, de sus notas taquigráficas tomadas a lápiz:

«Fowler hace un hallazgo de la máxima importancia en los fragmentos de piedra arenisca y caliza del barreno. Varias huellas veteadas como las halladas en la pizarra arcaica, demuestran que su origen sobrevivió desde hace más de seiscientos millones de años hasta el período comanchiense con moderados cambios morfológicos y disminución de su tamaño medio. Las huellas de época comanchiense parecen tan solo un poco más primitivas o decadentes que las más antiguas. Destaquen importancia hallazgo en la prensa. Significará para la biología lo que Einstein para la física y las matemáticas. Enlaza con mi labor anterior y desarrolla sus conclusiones.

»Parece demostrar, como yo creía, que la Tierra ha sido testigo de un ciclo o varios ciclos de vida orgánica previos al que conocemos y que comienza con las células agnostozoicas. Evolucionó y se especializó hace más de mil millones de años, cuando el planeta era joven y, hasta hacía poco tiempo, inhabitable para cualquier forma de vida o estructura protoplásmica. Surge la interrogante de cuándo, dónde y cómo aconteció tal desarrollo.»

* * *

«Más tarde. Al analizar ciertos fragmentos de esqueletos de grandes saurios terrestres y acuáticos y de mamíferos primitivos hallo extrañas heridas o traumatismos locales en la estructura ósea que no cabe atribuir a ningún animal predatorio o carnívoro conocido de periodo alguno. Son de dos tipos, punciones directas y penetrantes e incisiones más largas y cortantes. Dos o tres casos de huesos seccionados limpiamente. Pocos ejemplares las muestran. He ordenado traer linternas eléctricas del campamento. Aumentaré la zona exploratoria subterránea cortando estalactitas.

»Aun más tarde. Hemos encontrado fragmentos extraños de esteatita de unos quince centímetros de diámetro y unos cuatro de espesor totalmente diferente de toda formación local visible. Es verduzca, sin rasgos que permitan determinar su antigüedad. Posee una curiosa tersura y regularidad. Tiene forma estrellada de cinco puntas con los vértices rotos y muestras de hendiduras en ángulos interiores y en el centro de la superficie. Pequeña depresión en el centro de la superficie lisa. Despierta gran curiosidad acerca de su origen y erosión. Probablemente algún capricho anormal de la acción del agua. Con el ampliador, Carroll cree que puede ver rastros adicionales de importancia geológica. Grupos de puntos diminutos formando esquemas regulares. Los perros cada vez más excitados mientras trabajamos y parecen aborrecer esta esteatita. Tengo que investigar si tiene olor particular. Informaré nuevamente cuando Milis vuelva con las linternas y podamos comenzar con la zona subterránea.»

* * *

«22.15. Descubrimiento significativo. Orrendorf y Watkins, cuando trabajaban con luz bajo tierra a las 21.45, encontraron grotesco fósil en forma de barril de naturaleza completamente desconocida; quizá vegetal, a no ser qué se trate de un ejemplar hiperdesarrollado de radiado marino extraño. Los tejidos se han conservado evidentemente por la acción de sales minerales. Duro como cuero, pero con flexibilidad asombrosa en algunas partes. Huellas de partes rotas en los extremos y en torno a los costados. Mide un metro ochenta de altura; un metro de diámetro central y unos treinta centímetros de diámetro en cada extremo. Parecido a un barril con cinco protuberancias abultadas en lugar de duelas. Rupturas laterales como tallos más bien finos a la mitad de estas protuberancias. En los surcos entre los bultos hay curiosas excrecencias —grandes crestas o alas que se pliegan y despliegan como abanicos. Todas están muy deterioradas, menos una, que alcanza casi dos metros en toda su extensión. Su construcción recuerda a ciertos monstruos de los mitos primigenios, especialmente a los Primordiales del *Necronomicón*.

»Las alas parecen ser fibrosas, extendidas sobre una armadura de tubos glandulares. Se perciben orificios diminutos en la armadura de las puntas de las alas. Extremos del cuerpo resecos; no dan indicios acerca del interior o de qué es lo que se ha roto allí. Tengo que diseccionar cuando regrese al campamento. No puedo opinar si es vegetal o animal. Muchas de sus características son claramente de un primitivismo casi inconcebible. He puesto a todos los hombres a cortar estalactitas y a buscar más ejemplares. Hemos hallado más huesos con marcas, pero estos tendrán que esperar. Tenemos dificultades con los perros. No pueden soportar la presencia del nuevo ejemplar y quizás lo destrozarían si no los mantuviéramos a distancia de él.

»23.30. Atención, Dyer, Pabodie, Douglas. Asunto de la mayor importancia —yo diría que trascendente—. Arkham debe volver a transmitir a la Estación de Kingsport Head inmediatamente. Extraña forma parecida a barril es el objeto arcaico que dejó las huellas en las rocas. Mills, Boudreau y Fowler han hallado un núcleo de otras trece en punto subterráneo a unos doce metros de la entrada. Mezclados con pedazos de esteatita curiosamente redondeados y configurados, más pequeños que el anteriormente encontrado, con forma de estrella pero sin indicios de rotura excepto en algunas de las puntas.

»De los especímenes orgánicos, ocho parecen en perfecto estado y con todos los apéndices. Las hemos sacado todas a la superficie después de alejar a los perros. No pueden soportar su presencia. Atención a la descripción y repetídnosla para confirmar. Los medios tienen que transcribirla exactamente.

»Los objetos tienen una longitud total de dos metros y medio. El torso, en forma de tonel, con cinco protuberancias, de un metro ochenta de diámetro. Gris oscuro, flexibles y extraordinariamente duros. Alas fibrosas de dos metros de longitud y del mismo color, que encontramos dobladas, salen de los surcos entre las protuberancias. La estructura de las alas es glandular o tubular, de un color gris más claro, con orificios en las puntas. Las alas extendidas tienen los bordes serrados. En torno al ecuador, en el centro de cada una de las cinco protuberancias verticales semejantes a duelas de barril, hay un sistema de brazos o tentáculos gris claro y flexibles, que encontramos fuertemente plegados contra el torso, pero se pueden extender hasta una longitud máxima de más de un metro. Se parecen a los brazos de los crinoideos primitivos. Tallos sencillos de ocho centímetros de diámetro se ramifican a una distancia de unos diez centímetros en otros cinco tallos, cada uno de los cuales se subdivide al cabo de veinte centímetros en pequeños zarcillos o tentáculos ahusados que dan a cada tallo un total de veinticinco tentáculos.

»En la parte superior del torso un cuello romo, bulboso, de color gris claro con indicios de algo que se asemeja a branquias, sostiene lo que parece ser una cabeza amarillenta con forma de estrella de mar, cubierta por pelillos o cilios muy recios de varios colores primarios.

»La cabeza, gruesa y como hinchada, mide unos sesenta centímetros de un extremo al otro con tubos amarillentos y flexibles de ocho centímetros que salen de cada punta. Hendidura en el centro de la parte superior, probablemente un orificio para respirar. En el extremo de cada uno de los tubos, abultamiento esférico en donde la membrana amarillenta se repliega al tocarla, dejando ver un globo vidrioso irisado y rojizo, un ojo evidentemente.

»Cinco tubos rojizos algo más largos salen de los ángulos internos de la cabeza estrellada y terminan en partes infladas del mismo color, semejantes a bolsas que, al apretarlas, se abren y muestran orificios con forma de campana de cinco centímetros de diámetro como máximo recubiertos de salientes afilados, blancos y semejantes a dientes —probablemente bocas—. Todos estos tubos, cilios y puntas de la cabeza estrellada los encontramos firmemente doblados, con los tubos y las puntas fuertemente pegados al cuello bulboso y al torso. La flexibilidad es sorprendente a pesar de la dureza extraordinaria.

»En la parte inferior del torso hay una reproducción más primitiva de la cabeza con funciones diferentes. Un falso cuello bulboso de color gris claro, sin branquias rudimentarias, sujeta una estructura verdosa en forma de estrella de mar de cinco puntas.

»Brazos recios y musculosos, de un metro de largo y de grosor en disminución a partir de un diámetro de dieciocho centímetros en la base hasta tres en los extremos. Adherida a la punta de cada brazo hay una terminación triangular membranosa y pequeña, con finas venas, de una longitud de veinte centímetros y una anchura de quince en el extremo final. Esta es la membrana, la aleta o casi pata que dejó huellas en rocas con una edad de entre mil millones y cincuenta o sesenta millones de años.

»De los ángulos internos de las formas estrelladas salen tubos de setenta centímetros que van disminuyendo de grosor desde un diámetro de ocho centímetros en la base a una tercera parte de ese diámetro en el extremo. En las puntas tienen orificios. Todas estas partes son correosas y de enorme dureza, pero extremadamente flexibles. Los brazos están provistos de membranas interdigitales empleadas indudablemente para moverse en el agua o en otro medio acuoso. Cuando se mueven, muestran lo que parece ser una excesiva musculatura. Tal como los encontramos, estaban todos fuertemente plegados sobre el falso cuello y el final del torso, al igual que sus correspondientes proyecciones del extremo opuesto.

»No puedo opinar todavía con certeza si pertenecen al reino animal o vegetal, pero las probabilidades están ahora a favor del reino animal. Probablemente representan una evolución asombrosamente avanzada de los radiados, sin pérdida de algunas de sus primitivas características. El parecido con los equinodermos es indiscutible, a pesar de la contradictoria morfología de algunas de las partes.

»La estructura alada causa asombro en vista del probable hábitat marino, pero puede que fuera utilizada para la navegación acuática. La simetría es curiosamente vegetal y recuerda la estructura fundamental, propia de los vegetales, de una parte superior y una parte inferior, en lugar de la estructura animal de una parte anterior y otra posterior. Fecha ampliamente temprana de la evolución, anterior a la de los protozoos más sencillos conocidos hasta ahora, impide cualquier clase de hipótesis acerca de su origen.

»Los ejemplares completos tienen un parecido tan impresionante con ciertos seres de los mitos primigenios que resulta imposible pensar en su existencia milenaria fuera de la Antártida. Dyer y Pabodie han leído el *Necronomicón* y han visto las pinturas de pesadilla de Clark Ashton Smith basadas en el texto, y entenderán lo que quiero decir si hablo de los Primordiales, presuntos creadores de la vida terrestre como broma o por error. Los estudios siempre han juzgado dicha noción como resultado de una interpretación imaginativa y morbosa de muy antiguos radiados tropicales. Parecidos también a formas del folclore prehistórico de que ha hablado Wilmarth: apéndices del culto de Cthulhu, etc.

»Se ha abierto un amplio campo de estudio. Depósitos probablemente del Cretáceo tardío o del temprano Eoceno, a juzgar por los ejemplares hallados con ellos. Estalagmitas inmensas depositadas sobre ellos. Cortarlas no ha sido fácil, pero la dureza de los ejemplares ha evitado daños. Estado de conservación prodigioso, evidentemente por efecto de la piedra caliza. No hemos hallado más hasta el momento, pero reanudaremos la búsqueda más tarde. Lo difícil ahora es llevar catorce enormes ejemplares al campamento sin los perros, que ladran como locos y no se les puede dejar cerca de ellos.

»Con nueve hombres —hemos dispuesto a tres para vigilar a los perros— podremos manejar los tres trineos bastante bien, aunque el viento es tenaz. Tenemos que establecer comunicación aérea con bahía de McMurdo y comenzar a enviar material. Pero he de hacer disección de uno de estos especímenes antes de enviar los demás. Ojalá tuviera aquí un laboratorio de verdad. Dyer debiera darse de bofetadas por tratar de impedir mi expedición al Oeste. Primero las montañas mayores del mundo y luego esto. Si no es el fin de la expedición, no sé qué podrá serlo. Hemos vencido científicamente. Felicito a Pabodie por la taladradora que abrió la cueva. ¿Ahora puede el Arkham repetir la descripción, por favor?»

Lo que Pabodie y yo experimentamos al recibir este informe es indecible, y no fue menor el entusiasmo de nuestros compañeros. McTighe, que había traducido de forma apresurada los pasajes principales según iban llegando, escribió ahora todo el mensaje traduciéndolo de la versión original en taquigrafía y lenguaje telegráfico apenas cerró la emisora de Lake. Todos veían el significado de aquel hallazgo que hacía época, y yo envié mi felicitación a Lake tan pronto como el radio del Arkham repitió la descripción como se le había pedido, siguiendo mi ejemplo Sherman, desde su campamento en el depósito de la bahía de McMurdo, y el capitán Douglas del Arkham. Más tarde, como jefe de la expedición, añadí varios comentarios para que se transmitieran desde el Arkham al mundo exterior. Obviamente, era absurdo pensar en dormir en medio de tanta emoción, y mi único deseo era llegar al campamento de Lake cuanto antes. Fue una gran decepción cuando me mandó a decir que una creciente fuerza de viento que soplaba de la cordillera hacía imposible volar por el momento.

Pero al cabo de una hora y media volvió a aumentar el interés evaporando la desilusión. Nuevos mensajes de Lake mencionaban el feliz traslado de catorce de los grandes ejemplares al campamento. La tarea había sido ardua, pues aquellas «cosas» tenían un peso extraordinario, pero entre nueve hombres habían logrado hacerlo limpiamente. Entonces, parte de los que formaban el grupo estaban construyendo apresuradamente con vallas de nieve, y a distancia segura del campamento, un cercado al que pudieran llevarse los perros para facilitar su alimentación. Los ejemplares quedaron tumbados sobre la nieve endurecida cerca del campamento, excepto uno con que Lake estaba realizando toscos ensayos de disección.

Esta disección parecía ser tarea más difícil de lo que se había supuesto, pues a pesar del calor que daba una estufa de gasolina en la tienda-laboratorio recién armada, los tejidos dudosamente flexibles del ejemplar elegido —robusto e intacto— no perdieron nada de su elástica dureza. Lake no hallaba la manera de hacer las incisiones necesarias sin recurrir a una fuerza bruta que podría cambiar los detalles estructurales que buscaba. Es cierto que disponía de otros siete especímenes en perfecto estado, pero eran demasiado pocos para utilizarlos imprudentemente, a no ser que la cueva suministrara más tarde una cantidad ilimitada de ellos. Por esta razón sacó el espécimen en que trabajaba y entró a rastras otro, que, aunque conservaba trazas de las apariencia de estrella de mar en sus dos extremos, estaba aplastado de mala manera y deformado en parte a lo largo de uno de las dos grandes hendiduras del torso.

Los resultados, rápidamente comunicados por radio, fueron sorprendentes y decididamente estimulantes. No era posible realizar una disección escrupulosa o exacta con unos instrumentos casi incapaces de cortar aquellos tejidos anómalos, pero lo poco que se consiguió nos dejó estupefactos y asombrados. La biología vigente tenía ahora que revisarse en su totalidad, pues aquello no era producto de ninguna clase de evolución celular de que la ciencia tuviera conocimiento. Apenas había habido reemplazo mineral, y a pesar de una antigüedad tal vez de cuarenta millones de años, los órganos internos estaban absolutamente intactos. Aquella calidad flexible, resistente al deterioro y casi indestructible, era un atributo inherente a la estructura de aquel ser y pertenecía a algún ciclo paleógeno de evolución invertebrada que sobrepasaba nuestra capacidad de especulación. Al principio, todo lo que Lake encontró estaba seco, pero al tiempo que el calor de la tienda dejó sentir sus efectos de fusión, encontró una cierta humedad orgánica de desagradable y penetrante olor hacia la parte no dañada del ser. No era sangre, sino un flujo espeso de color verde oscuro que al parecer hacía sus veces. Para cuando Lake llegó a este punto de su investigación, los 37 perros estaban ya en el cercado, todavía sin completar, e incluso a esa distancia, ladraban con furia y mostraban gran inquietud ante aquel olor acre y penetrante.

Lejos de ayudarnos a clasificar al extraño ser, esa disección temporal no hizo sino aumentar su misterio. Todas las conjeturas acerca de sus miembros externos resultaron correctas, y en vista de ellas no se podía dudar de clasificar aquello como animal; pero el examen interno mostró tantas características vegetales que Lake quedó, hundido en un mar de confusiones. Tenía sistema circulatorio y digestivo y evacuaba los residuos naturales por los tubos rojizos de la base en forma de estrella. Tras un análisis rápido, se diría que su sistema respiratorio eliminaba oxígeno en lugar de bióxido de carbono, y se percibían extraños indicios de cámaras de acumulación de aire y métodos de cambiar la respiración de los orificios externos a, por lo menos, otros dos sistemas de respiración desarrollados completamente, uno de branquias y otro de poros. Claramente se trataba de un anfibio y estaba probablemente adaptado también para sobrevivir durante períodos largos de hibernación sin aire. Parecía tener órganos vocales conectados con el principal sistema respiratorio, pero estos presentaban anomalías insolubles por el momento. El habla articulada, en forma de pronunciación silábica, apenas resultaba concebible, pero era muy factible que pudieran emitir notas musicales como silbidos de una amplia escala. El sistema muscular estaba crecido casi prematuramente.

El sistema nervioso era tan complejo y se encontraba tan desarrollado que dejó estupefacto a Lake. Aunque demasiado primitivo y arcaico en algunas de sus características, el ser poseía un conjunto de centros ganglionares y conjuntivos que suponían un desarrollo enormemente especializado. El cerebro, de cinco lóbulos, tenía una evolución asombrosamente avanzada y se percibían indicios de un equipo sensorial servido en parte por las cilias, semejantes a alambres, de la cabeza, lo que suponía la existencia de órganos ajenos a cualquier otro organismo terrestre. Quizá poseía más de cinco sentidos, por lo que sus hábitos no podían deducirse por anatomía. Lake supuso que debió tratarse de un ser de sensibilidad muy fina y funciones delicadamente diferenciadas en su mundo primigenio —algo muy similar a las hormigas y las abejas actuales—. Se reproducía como las plantas criptógamas, especialmente las pteridófitas, poseía cavidades de esporas en las puntas de las alas y crecía claramente de un tallo o de un gametófito.

Pero darle un nombre concreto en aquella fase era una pura locura. Parecía un radiado, pero evidentemente era algo más. Era vegetal en parte, pero tenía tres cuartas partes de las características básicas de la estructura animal. Su contorno simétrico y ciertas otras características claramente indicaban un origen marino, pero no se podía determinar con exactitud el límite de sus adaptaciones posteriores. Las alas, después de todo, sugerían constantemente que se trataba de un ser con la capacidad de volar. Cómo pudo sufrir una evolución tan tremendamente compleja en un planeta recién nacido a tiempo de dejar huellas en rocas arcaicas resultaba tan poco probable que llevó a Lake a recordar los mitos primigenios de aquellos «Ancianos» que bajaron del espacio y crearon la vida en la tierra por travesura o por error, y las caprichosos cuentos acerca de unos seres cósmicos, que, llegados del espacio exterior, habitaron las montañas, contados por un colega folclorista del Departamento de literatura inglesa de la Universidad de Miskatonic.

Naturalmente, consideró la posibilidad de que los rastros precámbricos se debieran a un antepasado mucho menos evolucionado de los actuales especímenes, pero descartó rápidamente esta sencilla teoría cuando consideró las avanzadas características estructurales de las muestras más antiguas. Si algo delataban los más modernos era decadencia, más que una mayor evolución. La envergadura de las pseudopatas había disminuido y toda la morfología parecía simplificada y más primitiva. Además, los órganos y nervios recién examinados sugerían un insólito proceso de regresión a partir de formas todavía más complejas. A fin de cuentas, poco se podía decir que había quedado resuelto. Lake volvió a la mitología en busca de un nombre temporal, y denominó jocosamente «Los Primordiales» a los seres que había encontrado.

A eso de las dos y media de la mañana, después de decidir dejar para el día siguiente la continuación de su labor y tratar de descansar un poco, cubrió al organismo disecado con un lienzo, salió de la tienda-laboratorio y analizó los ejemplares intactos con interés renovado. El incesante sol antártico había comenzado a reblandecer ligeramente los tejidos, de modo que las puntas de la cabeza y los tubos de dos o tres de ellos mostraban señales de distención, pero Lake pensó que no había amenaza de corrupción inmediata en aquel lugar con menos de cero grados. Aunque sí juntó todos los ejemplares no disecados y los tapó con la lona de una tienda de repuesto para protegerlos del sol. Eso ayudaría también a que los posibles aromas no llegaran hasta los perros, cuya intranquilidad estaba empezando a ser un inconveniente incluso a la distancia considerable a que se hallaban, al otro lado de una cerca de nieve que un equipo reforzado de hombres estaba apresurándose a alzar en torno a la improvisada perrera. Tuvo que sujetar las esquinas de la lona con bloques grandes de nieve prensada para que no se moviera, a pesar de la ventisca que se estaba levantando, pues las colosales montañas parecían dispuestas a lanzar bocanadas de viento terriblemente fuertes. Revivieron los temores a las tormentas antárticas, y bajo la supervisión de Atwood se tomaron las precauciones para resguardar las tiendas con nieve, el nuevo cercado de los perros y los rudimentarios cobertizos de los aeroplanos al refugio de las montañas. Estos cobertizos, que se habían comenzado a levantar en momentos libres con bloques de nieve endurecida, no tenían ni con mucho la altura debida, y Lake acabó por apartar a todos los hombres de otros menesteres y ponerlos a fortalecer en las defensas.

Habían pasado las cuatro de la madrugada cuando Lake se preparaba para dejar de transmitir y nos aconsejó que fuéramos a descansar, como lo harían él y los suyos tan pronto como las defensas estuvieran un poco más altas. Tuvo una amistosa conversación con Pabodie a través de la radio, y repitió su elogio a las extraordinarias barrenas que le habían ayudado a hacer el descubrimiento. Atwood transmitió también saludos y alabanzas. Yo felicité a Lake con efusión y admití que tuvo razón al insistir en hacer la incursión hacia el Oeste, y, finalmente, todos estuvimos de acuerdo en ponernos en contacto por radio a las diez de la mañana siguientes, si la tormenta había amainado; Lake enviaría un aeroplano para recolectar al grupo de mi base. Antes de irme a la cama envié un mensaje final al Arkham con instrucciones de que bajaran un poco el tono de las noticias de la jornada para el consumo del mundo exterior, que revelar todos los pormenores me daba la impresión que podía generar una avalancha de escepticismo hasta que fueran corroborados.

III

Creo que nadie del grupo durmió continua ni profundamente aquella noche. Lo impedían, por una parte, el entusiasmo que nos había generado el descubrimiento de Lake y, por otra, la violencia creciente de la ventisca. Soplaba tan salvajemente, aun donde nosotros nos encontrábamos, que no pudimos dejar de pensar en cómo lo estarían pasando en el campamento de Lake, situado justo bajo los monumentales picos anónimos, donde nacía y se desataba el viento. McTighe ya estaba de pie a las diez intentando dar con Lake por radio, según habíamos establecido, pero alguna perturbación eléctrica que había en la atmósfera, hacia el Oeste, impedía al parecer la comunicación. Sin embargo, sí pudimos ponernos en contacto con el Arkham, y Douglas comentó que también había tratado de establecer contacto con Lake sin conseguirlo. Douglas no estaba enterado de la tormenta, pues en la bahía de McMurdo soplaba poco viento en contraste a la insistente fuerza en donde nos hallábamos.

Nos pasamos el día escuchando con ansiedad y tratando de comunicarnos con Lake, pero siempre sin resultado. Hacia mediodía el salvaje viento sopló desde el Oeste y nos hizo temer por la seguridad de nuestra base; pero acabó amainando casi en su totalidad, sin más que una recaída moderada por la tarde. Ya a las tres de la tarde la calma era absoluta y aumentamos los esfuerzos para comunicarnos con Lake. Creíamos que por tener cuatro aeroplanos, cada uno con un excelente equipo de onda corta, era poco probable que un accidente ordinario pudiera inutilizar simultáneamente a todos los aparatos. Pero lo cierto era que continuaba el silencio absoluto, y cuando pensábamos en la fuerza horripilante que la ventisca debía haber alcanzado en su campamento no podíamos alejar de nuestra mente los más terribles pensamientos.

Para las seis nuestros temores eran ya más concretos y vivos, y después de consultar por radio con Douglas y Thorfynnssen, decidí tomar las medidas necesarias para hacer una investigación. El quinto avión, el que habíamos dejado en el depósito de la bahía de McMurdo con Sherman y dos marineros, estaba en buen estado y listo para su empleo inmediatamente; parecía haberse presentado la eventualidad para la cual lo habíamos reservado. Llamé a Sherman por radio y le ordené que acudiera con el avión y los dos marineros a la base Sur tan pronto fuese posible, pues las condiciones meteorológicas parecían ser muy propicias. Hablamos luego del personal que realizaría el estudio, y decidimos incluir a todos los hombres, llevando además los perros y el trineo que yo había conservado. Aunque importante, la carga no sería excesiva para uno de aquellos enormes aviones que habían sido construidos, según nuestras indicaciones, para el transporte de maquinaria pesada. De cuando en cuando volví a intentar comunicarme con Lake, pero no fue posible.

Sherman, con los marineros Larsen y Gunnarsson, despegó a las siete y media e informó desde varios puntos del recorrido que eran buenas las condiciones de vuelo. Llegaron a nuestra base a medianoche, y todos procedimos de inmediato a discutir qué haríamos a continuación. Era peligroso volar sobre la Antártida con un solo aparato y sin contar con una línea de bases de apoyo, pero ninguno dudó ante lo que parecía ser un caso de absoluta necesidad. Nos retiramos a las dos para descansar un poco después de realizadas las primeras operaciones de carga, pero cuatro horas más tarde ya estábamos otra vez en pie para terminar de cargar el aeroplano y empacar el resto de las cosas.

A las siete y cuarto de la mañana del 25 de enero dimos inicio al vuelo hacia el noroeste con McTighe como piloto, más diez hombres, un trineo, siete perros, provisión de víveres y combustible, y algunas otras cosas, entre ellas la radio del avión. La atmósfera estaba clara y casi en calma, y la temperatura era un poco suave. Calculamos que encontraríamos pocos obstáculos para llegar a la latitud y longitud que Lake nos había dado como coordenadas de su campamento. Nos aterraba pensar en lo que pudiéramos encontrar, o no encontrar, al final del viaje, pues el silencio seguía siendo la única respuesta a nuestras insistentes llamadas al campamento. Tendré para siempre grabados en la memoria todos los incidentes de aquel vuelo de cuatro horas y media, por ser un momento crucial en mi vida, que marca la pérdida, a mis cincuenta y cuatro años, de todo el equilibrio y la paz mental resultantes de la aceptación de un concepto común de la naturaleza y de sus leyes. A partir de entonces, los diez —pero sobre todo un estudiante, Danforth, y yo— íbamos a enfrentarnos con un mundo terriblemente ampliado de horrores en acecho que nada puede borrar de nuestra mente, y que si pudiéramos nos abstendríamos de compartir con la humanidad en general. Los periódicos han publicado los boletines que enviamos desde el avión en vuelo y que describían nuestro viaje sin escalas, las dos luchas que mantuvimos con traidoras ventiscas en la atmósfera superior, nuestra visión de la superficie rota donde Lake había hundido tres días antes la perforadora a mitad de su viaje, y cómo hallamos un grupo de esos misteriosos cilindros algodonosos de nieve, observados por Amundsen y Byrd, y que el viento hacía rodar sobre leguas interminables de la helada meseta. Pero llegó la hora en la que no pudimos expresar nuestras emociones con palabras que la prensa hubiera podido entender, y otro momento después en el que tuvimos que adoptar una verdadera norma de censura estricta.

Larsen, uno de los marineros, fue el primero que descubrió la dentada línea de cumbres cónicas y picos de semblante maligno que teníamos delante en la distancia, y sus gritos nos impulsaron a todos a mirar por las ventanillas de la espaciosa cabina del aeroplano. A pesar de nuestra velocidad, tardaron mucho en hacerse notar sobre el fondo, por lo que dedujimos que se encontraban a una distancia muy lejana y que eran visibles solamente a causa de su enorme altura. Pero poco a poco fueron irguiéndose amenazadoras en el horizonte, hacia poniente, y pudimos ver varias cumbres desnudas, desoladas y negruzcas y captar la curiosa sensación de fantasía que inspiraban vistas a la rojiza luz antártica sobre el fondo sugestivo de unas nubes brillantes de polvo de hielo. Todo el espectáculo estaba saturado de la insinuación testaruda y penetrante de algún asombroso secreto de posible revelación. Era como si aquellas torres de pesadilla fuesen pilones que ocultasen una temible puerta de acceso a prohibidas esferas del ensueño, enigmáticas simas de tiempos remotos y espacios ultradimensionales. No pude evitar la impresión de que eran cumbres malignas —montañas de locura cuyas más lejanas laderas se asomaban a algún deplorable abismo final—. Aquella nube al fondo, trémula y medio luminosa, despertaba sugerencias imposibles, más que de un espacio terrestre de un más allá vago y etéreo, y daba advertencias aterradoras de la naturaleza totalmente remota, apartada, yerma y muerta desde hacía muchos eones de ese mundo austral jamás hollado e insondable.

Fue Danforth quien nos llamó la atención sobre la curiosa regularidad de las montañas más altas, regularidad como de fragmentos de cubos perfectos adheridos, a los que Lake había aludido en sus mensajes y que en efecto justificaban su comparación con las imágenes, como soñadas, de ruinas de primitivos templos sobre las cimas nubosas de Asia, que tan sutil y extrañamente pintara Roerich. En verdad había algo adictivo, que evocaba a Roerich en todo este continente sobrenatural, de misteriosas montañas. Lo sentí en octubre, cuando divisamos por primera vez Tierra Victoria, y lo volví a sentir ahora. Experimenté también otra oleada de inquietante percepción de semejanza con los mitos arcaicos, de la forma sospechosa en que estas letales tierras correspondían a la meseta de Leng, de siniestro renombre, que aparece en los escritos primitivos. Los mitólogos han ubicado a Leng en el Asia Central, pero la memoria racial del hombre —o de sus predecesores— es larga y bien pudiera ser que ciertos cuentos hubieran llegado desde tierras, montañas y templos del horror anteriores a Asia y anteriores a cualquier vestigio humano conocido. Algunos místicos audaces han insinuado que los manuscritos fragmentarios Pnakóticos tienen un origen anterior al pleistoceno, y han supuesto que los fieles de Tsathoggua estaban tan lejos de ser humanos como el propio Tsathoggua. Leng, dondequiera que estuviera ubicada espacial o temporalmente, no era una región en la que yo deseara encontrarme, ni me agradaba tampoco la proximidad de un mundo que dio la existencia a las ambiguas y arcaicas monstruosidades que Lake había conseguido. En aquel momento deploré haber leído el aborrecido *Necronomicón* y haber hablado tanto con Wilmarth, el folclorista de la Universidad, versado en temas tan desagradables.

Este estado de ánimo sirvió sin dudas para agravar mi reacción ante el extraño espejismo que se desató sobre nosotros, desde un cénit cada vez más opalescente, según nos aproximábamos a las montañas y empezábamos a divisar las ondulaciones acumuladas de sus estribaciones. Durante las semanas anteriores habíamos visto docenas de espejismos polares, algunos de ellos de un realismo tan fantástico y misterioso como el actual, pero este tenía una calidad de simbolismo amenazador totalmente nueva y misteriosa, y me estremecí cuando el trémulo laberinto de paredes, torres y minaretes fabulosos surgió de entre los turbulentos vapores helados que se cernían sobre nosotros.

El efecto que producía era el de una ciudad monumental de arquitectura no conocida ni imaginada por el hombre, con inmensas masas de mampostería, oscuras como la noche, que suponían desviaciones monstruosas de las leyes geométricas. Había conos truncados, a veces en escalones o estriados, que acababan en altas columnas cilíndricas interrumpidas aquí y allá por abultamientos bulbosos, y a menudo rematadas por hileras de finos discos ondulados, así como grotescas estructuras prominentes y lisas que recordaban amontonamientos de numerosas losas rectangulares, planchas circulares o estrellas de cinco puntas que se cubrieran en parte unas a otras. Había pirámides y conos compuestos, aislados o coronando cilindros, cubos o pirámides y conos truncados más chatos, y también torres agudas como alfileres en curiosos haces de cinco. Todas estas estructuras febriles parecían estar unidas por puentes tubulares que atravesaban de las unas a las otras a través de vertiginosos abismos, y la escala implícita en todo el conjunto era espeluznante y opresiva por sus dimensiones desmesuradas. El espejismo, en líneas generales, no era muy distinto de algunos de los más extravagantes observados y dibujados por el ballenero ártico *Scoresby* en 1820, pero en aquel lugar y momento, con aquellos picos oscuros y desconocidos que se elevaban portentosamente ante nosotros, aquel hallazgo anómalo de un mundo anterior en nuestras mentes y el augurio de un probable desastre que habría afectado a la mayor parte de la expedición, todos creímos apreciar en él un matiz de perversidad latente y un presentimiento infinitamente aciago.

Sentí alivio cuando el espejismo comenzó a esfumarse, aunque en el proceso de disolución los diversos conos y torres de pesadilla adoptaron transitoriamente formas distorsionadas aún más horrorosas. Cuando todo aquel dudoso espectáculo se desvaneció para sofocarse en bullente opalescencia, comenzamos a mirar otra vez hacia tierra, y advertimos que no estaba lejos el final de nuestro viaje. Las montañas desconocidas que teníamos ante nosotros se elevaron vertiginosamente como imponente muralla abrumadora dejando ver con claridad sorprendente sus curiosas regularidades aun sin ayuda de prismáticos. Ya volábamos sobre las ramificaciones más bajas y podíamos distinguir entre la nieve, el hielo y los retazos desnudos de la meseta principal un par de puntos oscuros que sospechamos eran el campamento de Lake y las perforaciones hechas por este. Las ramificaciones más altas se elevaban a unas ocho o diez kilómetros de distancia creando una cadena casi independiente de la terrible cordillera del fondo, con picos más altos que el Himalaya. Al fin, Ropes —el estudiante que había reemplazado a McTighe en los mandos del aparato— comenzó a descender hacia el punto oscuro de la izquierda, cuya dimensión hacía suponer que se trataba del campamento. Mientras lo hacía, McTighe comunicó el último mensaje no censurado que el mundo iba a recibir de nuestra expedición.

Todos, naturalmente, han leído los breves y escasos boletines del resto de nuestra duración en la Antártida. Algunas horas después del aterrizaje remitimos un cauteloso informe acerca de la tragedia que habíamos hallado, y anunciamos al mundo con dolor que todo el grupo de Lake había sido exterminado por la terrible tormenta del día anterior, o de la noche que le precedió. Once muertos seguros y Gedney desvanecido.

Se nos perdonó nuestra confusa falta de detalles por adivinar el estado de ánimo en que debió sumirnos el triste suceso, y se nos creyó cuando expresamos que los tremendos destrozos causados por el viento habían dejado los once cuerpos en un estado que hacía imposible su traslado. Realmente, me complace que en medio de la angustia, del total desconcierto y del amenazador horror apenas nos desviáramos de la verdad en ningún momento. Lo espantosamente significativo es lo que no nos atrevimos a contar, lo que aun hoy no relataría si no fuera por la necesidad de prevenir a otros para que se mantengan alejados de esos terrores sin nombre.

Ciertamente que el viento había causado terribles daños. Es muy dudoso que todos hubieran podido sobrevivir a sus efectos, aunque no hubieran ocurrido otros sucesos. La tempestad, con su furor de partículas de hielo disparadas con fuerza infernal, tuvo que ser algo infinitamente peor que todo lo que la expedición había descubierto hasta entonces. Uno de los cobertizos de los aviones —todos, al parecer, habían quedado muy endebles y poco resistentes— estaba casi pulverizado, y la torre de excavación, a alguna distancia, había quedado totalmente destrozada. Las partes metálicas expuestas al viento de los aviones y del equipo de sondeo estaban pulidas por la infinidad de golpes recibidos, y dos de las tiendas pequeñas aparecían aplastadas a pesar de las paredes de nieve alzadas para su protección. Las superficies de madera azotadas por el vendaval estaban deterioradas y llenas de agujeros, y la nieve había sepultado toda clase de huellas. También es verdad que no encontramos ninguno de los ejemplares biológicos arcaicos en condiciones propicias para transportar. Recogimos algunos minerales de un gran cúmulo esparcido, entre ellos varios de los trozos verduscos de esteatita, cuya rara forma de estrella de cinco puntas y casi imperceptible dibujo de puntos agrupados había dado motivo para tantas comparaciones dudosas, y también algunos huesos fósiles, entre los cuales se hallaban algunos de los más característicos de los especímenes curiosamente dañados.

No había sobrevivido ninguno de los perros y el cercado de nieve, apresuradamente construido cerca del campamento, estaba destruido casi en su totalidad. Es posible que fuera obra del viento, aunque una mayor ruina en la parte próxima al campamento, que no era la de barlovento, hacía pensar en un ataque de los propios animales impulsados por el frenesí. Los tres trineos se habían esfumado, y hemos tratado de explicar que es posible que el viento los arrastrara lejos de allí. La barrena y el equipo de fusión de hielo que hallamos junto a la perforación estaban demasiado desmembrados para pensar en salvarlos, por lo que los utilizamos para cegar aquella puerta de acceso al pasado, sutilmente alarmante, que Lake había abierto con dinamita. También dejamos en el campamento dos de los aviones más averiados, puesto que entre nuestro equipo de supervivientes solamente había cuatro pilotos verdaderos —Sherman, Danforth, McTighe y Ropes—, y Danforth se encontraba en un estado de nervios poco apropiado para pilotar. Recogimos todos los libros, equipo científico y accesorios que pudimos hallar, aunque muchos de ellos habían desaparecido sin explicación por causa del viento. Las tiendas de repuesto y las pieles o habían desaparecido o se encontraban muy deterioradas.

Eran cerca de las cuatro de la tarde cuando, después de un vuelo de reconocimiento muy prolongado, nos vimos obligados a dar a Gedney por extraviado, y a esa hora transmitimos al Arkham un prudente mensaje; creo que hicimos bien en darle el tono tranquilo y poco comprometedor con que conseguimos enmascararlo. Si hablamos de agitación fue con respecto a los perros, cuyo frenesí ante la proximidad de los especímenes biológicos era de esperar en vista de los informes del pobre Lake. Creo que no mencionamos sus semejantes muestras de inquietud al olfatear los raros trozos de esteatita verdosa y algunos otros objetos de la desordenada zona, entre ellos instrumentos científicos, aviones y maquinaria, que se hallaban tanto en el campamento como en la perforación, y cuyas piezas habían sido aflojadas, movidas o manipuladas por el viento, el cual debía estar dotado de particular curiosidad y deseos de investigar.

Debe perdonársenos que nos mostráramos imprecisos sobre los catorce ejemplares biológicos. Dijimos que los únicos que hallamos estaban muy maltratados, aunque quedaba lo bastante de ellos para indicar que la descripción de Lake había sido completa e impresionantemente exacta. Fue difícil conservar las emociones personales al margen de todo aquello; no dimos números, ni explicamos cómo habíamos encontrado lo que pudimos hallar. Para entonces ya habíamos acordado no transmitir nada que pudiera sugerir que la locura se había apoderado de los hombres de Lake, aunque claramente parecía obra de dementes que seis de las aberraciones estuvieran cuidadosamente enterradas en posición vertical en tumbas de casi tres metros de profundidad bajo montículos en forma de estrella de cinco puntas cubiertos de puntos hechos con alguna herramienta punzante, formando dibujos exactamente iguales a los que revelaban los extraños trozos de esteatita color verdoso del período mesozoico o terciario. Los ocho ejemplares en perfectas condiciones que Lake había mencionado se habían desvanecido totalmente arrastrados por el viento.

También tuvimos cuidado de no alterar la calma del público, razón por la cual Danforth y yo apenas hablamos del espantoso vuelo del día siguiente sobre las montañas. El hecho de que solamente un avión radicalmente aligerado de peso podría sobrevolar una cordillera de tan gran altura fue lo que dichosamente limitó a nosotros dos el número de participantes en la expedición. Cuando regresamos a la una de la mañana, Danforth estaba a punto de derrumbarse vencido por los nervios, pero se dominó de manera admirable. No fue necesario obligarle a que prometiera no mostrar los dibujos que habíamos hecho y el resto de las cosas que trajimos en los bolsillos, ni para que dijera a los demás solo lo que habíamos acordado que transmitiríamos al exterior y ocultara las películas de fotografías tomadas con el fin de revelarlas después y en secreto; por ello, esta parte de mi narración será tan nueva para Pabodie, McTighe, Ropes, Sherman y los demás como para el mundo en general. En realidad, Danforth es más prudente que yo, pues él vio, o cree que vio, algo que ni siquiera a mí ha querido decirme.

Como todos saben, en nuestro informe corroborábamos la opinión de Lake de que los grandes picos eran de pizarra precámbrica y de otras capas arcaicos que habían permanecido intactas por lo menos desde mediados del Comanchiense; comentábamos la regularidad de las formaciones de murallas y cubos adheridos, concluíamos que las bocas de cavernas indicaban la presencia de venas calcáreas disueltas, pensábamos que ciertas laderas y desfiladeros permitirían escalar y cruzar la cordillera a escaladores curtidos; y comentábamos que en la otra vertiente oculta existía una elevada e inmensa meseta tan antigua e inalterable como las propias montañas, todo ello mientras narrábamos un duro ascenso hasta seis mil metros de altitud, con grotescas formaciones rocosas que sobresalían de una fina capa glacial y con bajas ramificaciones entre la superficie general de la meseta y los abismos cortados a pico de las cumbres más altas.

Este conjunto de datos es exacto en todos los sentidos y satisfizo totalmente a los hombres del campamento. Achacamos el hecho de no haber regresado hasta pasadas dieciséis horas —un tiempo superior al que dijimos que habíamos estado volando, aterrizando, reconociendo el terreno y recogiendo rocas— a ficticios vientos adversos, y dimos noticia verdadera de nuestro aterrizaje en las ramificaciones más lejanas. Afortunadamente el relato parecía real y lo suficientemente trivial como para no tentar a otros a imitar el vuelo realizado. Si alguien, hubiese tratado de imitarnos, yo hubiera empleado todos mis poderes de sugestión para disuadirlo —y no sé lo que Danforth hubiera hecho—. Mientras estuvimos ausentes Pabodie, Sherman, Ropes, McTighe y Williamson trabajaron sin parar en los dos mejores aeroplanos de Lake, dejándolos en estado de funcionamiento a pesar de los destrozos inexplicables que se habían producido en su mecanismo.

Decidimos cargar todos los aviones a la mañana siguiente y salir para nuestra antigua base lo antes posible. Aunque esta ruta no era la directa, era la más segura para alcanzar la bahía de McMurdo, pues volar en línea recta través de extensiones desconocidas del continente, yermo durante eones, supondría sumar muchos más peligros. Apenas resultaba posible realizar más exploraciones, en vista de las trágicas bajas que habíamos tenido y del daño sufrido por el equipo de excavación. Las dudas y los horrores que nos circundaban, y que no revelamos, solamente nos hacían desear escapar lo más rápido posible de aquel mundo austral de desolación y sobre el cual se avistaba la locura.

Como sabe el público, nuestro regreso a la civilización se logró sin más inconvenientes. Todos los aviones llegaron a la antigua base en la tarde del día siguiente —27 de enero—, después de un rápido vuelo sin escalas; el 28 llegamos a la bahía de McMurdo tras dos etapas de vuelo la única escala, muy breve, fue debida al desperfecto de un timón provocada por el viento tremendo que soplaba por encima de la pared de hielo una vez atravesada la gran meseta. A los cinco días, en el *Arkham* y el *Miskatonic*, con toda la tripulación y todo el equipo a bordo, nos retiramos de los mantos de hielo cada vez más espesos y navegamos rumbo al Norte por el mar de Ross con las irónicas alturas de Tierra Victoria descollando contra un revuelto cielo antártico hacia el Oeste y desfigurando los gemidos del viento hasta convertirlos en silbos musicales que comprendían una amplia escala y que me helaron el alma hasta lo más hondo. Menos de dos semanas después dejamos atrás el último vestigio de la región polar y dimos gracias al cielo por haber salido de un territorio maldito y embrujado, en que la vida y la muerte, el tiempo y el espacio habían formado blasfemas y oscuras alianzas en las épocas ignotas en que la materia serpenteó primero y nadó después sobre la corteza apenas congelada del planeta.

Desde nuestro regreso, todos hemos intentado disuadir a los posibles exploradores de la Antártida, reservándonos ciertas dudas y suposiciones con espléndida concordia y fidelidad. Incluso el joven Danforth, pese a su crisis nerviosa, no ha desistido ni ha hecho revelaciones importunas a sus médicos —y eso que, como he dicho, hay algo que cree haber visto solamente él y que ni a mí quiere decirme, aunque creo que mejoraría su estado psíquico si consintiera en hacerlo—. Su descubrimiento podría explicar y mejorar muchas cosas, aunque bien pudiera ser que no se tratara sino de ilusiones, consecuencia de la anterior impresión. Esa es la sensación que me dejan esos raros momentos de irresponsabilidad en que me susurra cosas incomprensibles, cosas que niega con vehemencia tan pronto como recobra el dominio de sí mismo.

Será difícil convencer a otros de que se dirijan hacia la descomunal blancura del Sur, y algunos de nuestros ensayos puede que dañen directamente nuestra causa al estimular el deseo de saber. Debimos aceptar desde el principio que la curiosidad del hombre, nunca acaba y que los resultados que dimos a conocer serían suficientes para servir de motivación a otros e impulsarlos a la misma búsqueda milenaria de lo oculto. Los informes de Lake acerca de aquellas monstruosidades habían enardecido en exceso a los naturalistas y a los paleontólogos, aunque tuvimos la sensatez suficiente como para no revelar los trozos separados que habíamos tomado de los ejemplares enterrados, ni las fotografías de esos mismos ejemplares, tal como fueron descubiertos. Tampoco enseñamos los huesos estropeados y los trozos de esteatita verdosa, mientras que Danforth y yo hemos mantenido muy bien guardadas las fotografías y los dibujos que hicimos en la altiplanicie de la cordillera y las cosas arrugadas que alisamos, analizamos con horror y nos llevamos en los bolsillos.

Pero ahora se está ordenando la expedición Starkweather-Moore, y con una atención al detalle muy superior a la de nuestro equipo. Si no los persuadimos llegarán hasta el mismo núcleo de la Antártida y descongelarán y perforarán hasta sacar a la luz lo que nosotros sabemos que puede dar fin al mundo. Así pues, he de acabar con el silencio y hablar incluso de aquella última cosa anónima que está más allá de las montañas de la locura.

IV

Solo con enorme duda y asco permito al recuerdo que vuelva al campamento de Lake y a lo que allí encontramos en realidad —y a aquella otra cosa que se encuentra más allá de las montañas de la locura—. Siento la tentación constante de omitir los detalles y dejar que las elucubraciones ocupen el lugar de los hechos y de las inevitables conclusiones. Espero haber dicho ya lo suficiente para que se me permita mencionar apresuradamente el horror del campamento. He hablado del terreno devastado por la ventisca, de los cobertizos estropeados, del desorden de las maquinas, de la locura de los perros, de la desaparición de trineos y otros objetos, de la muerte de hombres y perros, de la desaparición de Gedney y de los seis ejemplares biológicos enterrados de forma que se creyera obra de la locura de un hombre, procedentes de un mundo muerto hacía cuarenta millones de años y con sus tejidos extrañamente intactos a pesar de todos los daños de la estructura. No recuerdo si he mencionado que cuando contamos los cadáveres de los perros notamos que faltaba uno. No pensamos mucho en ello hasta un poco más tarde —y en realidad solamente lo hemos hecho Danforth y yo.

Lo que he venido ocultando tiene que ver con los cadáveres y con ciertas sutiles particularidades que pueden dar o no una suerte de una increíble y horrenda explicación del caos aparente. En su oportunidad, traté de preservar la tranquilidad de todos, pues era mucho más fácil —y mucho más creíble— atribuirlo todo a un ataque de locura de ciertos hombres del grupo de Lake. Por la apariencia que ofrecía todo, el viento demoníaco llegado desde las cumbres debió ser suficiente para llevar a la locura a cualquiera que se hallara en aquel epicentro de toda la desolación y el misterio de la tierra.

La anomalía que lo remataba todo era, evidentemente, las condiciones en que se hallaban los cadáveres, tanto los de los hombres como los de los perros. Todos se habían visto envueltos en una especie de lucha terrible y estaban despedazados y desgarrados de manera horrenda e inexplicable. Por lo que pudimos inferir, habían muerto por estrangulación o lesiones. Al parecer fueron los perros los que iniciaron la lucha, pues el estado de su primitivo cercado demostraba que se había roto desde dentro. Lo habían situado a cierta distancia del campamento por el odio que infundían a los animales aquellos infernales organismos arcaicos, pero esta previsión parece que resultó inútil. Cuando los dejaron solos en medio de aquel viento terrible, tras unos endebles muros de insuficiente altura, los perros debieron salir de estampía, no sé si a causa del mismo viento o provocados por un sutil olor que emanaba en cantidad creciente de aquellos seres de pesadilla. Pero lo ocurrido era en cualquier caso horrendo y repugnante. Tal vez sea mejor que deje a un lado los recatos y diga al fin lo peor, aunque manifieste decisivamente la opinión de que, a juzgar por las observaciones directas y las deducciones rigurosas que hicimos tanto Danforth como yo, el por entonces desaparecido Gedney nada tuvo que ver con los detestables horrores que encontramos. He dicho que los cadáveres estaban destrozados espantosamente, pero ahora debo añadir que algunos de ellos mostraban incisiones muy curiosas, hechas a sangre fría y de la manera más sanguinaria. Me refiero tanto a los perros como a los hombres. Los cuerpos más sanos y gruesos de cuadrúpedos y bípedos estaban despojados de las partes más carnosas, como si hubieran pasado por manos de un hábil carnicero; y en torno suyo había sal esparcida, procedente de las cajas de suministros que se hallaban en los aviones y que habían sido saqueadas, lo que evocaba las más horribles imágenes.

Todo había ocurrido en uno de los primitivos cobertizos del cual habían sacado uno de los aviones; los vientos habían borrado después todas las huellas que hubieran podido servir de base para elaborar una teoría plausible. Los trozos de ropas que estaban esparcidos, arrebatados brutalmente de los cuerpos que revelaban las incisiones, no ofrecían ningún indicio. De nada sirve sacar a relucir aquí las huellas que hallamos lánguidamente marcadas sobre la nieve en una esquina resguardada del destrozado cercado, pues no tenían nada que ver con huellas humanas, sino que estaban visiblemente relacionadas con aquellas huellas fosilizadas de las que el pobre Lake había estado hablando las semanas anteriores. Era necesario detener la imaginación al refugio de aquellas sombrías montañas de locura.

Como ya he dicho, resultó que Gedney y uno de los perros se habían esfumado. Al descubrir aquel terrible cobertizo, habíamos echado de menos a dos perros y a dos hombres, pero la tienda de disección, poco estropeada, en la que entramos después de investigar las monstruosas tumbas, tenía algo que mostrarnos. No estaba como Lake la había dejado, pues los trozos cubiertos de aquella aberración primigenia ya no se hallaban sobre la improvisada mesa de disección. De hecho, ya nos habíamos dado cuenta de que uno de esos seis seres informes y demencialmente inhumados que habíamos encontrado —el que conservaba vestigios de un olor especialmente odioso— debía corresponder al conjunto de los trozos del ente que Lake había tratado de estudiar. Sobre la mesa del laboratorio, y alrededor de ella, había esparcidas otras cosas, y no tardamos en pronosticar que eran los trozos, minuciosa pero torpe y extrañamente diseccionados de un hombre y un perro. Callaré el nombre de aquella persona en atención a los sentimientos de sus familiares. Habían desaparecido los utensilios de cirugía de

Lake, pero sí había señales de que habían sido limpiados cuidadosamente. También había desaparecido la estufa de gasolina, aunque sí encontramos un curioso revoltijo de cerillas. Sepultamos los restos humanos junto a los otros diez hombres, y los restos de los perros, junto a los restos de los otros treinta y cinco animales. En cuanto a las extrañas manchas de la mesa del laboratorio y el alterado montón de libros ilustrados, manoseados violentamente, que había a su lado, nos encontrábamos demasiado aturdidos para sacar conclusiones sobre ello.

Esto era lo peor del campamento, pero había otras cosas que no causaban menor asombro. La desaparición de Gedney, de uno de los perros, de los ocho especímenes biológicos indemnes, de los tres trineos y de ciertos utensilios, libros técnicos y científicos, material de escritura, linternas con sus correspondientes pilas, provisiones y combustible, aparatos de calefacción, tiendas de repuesto, trajes de pieles y cosas similares, estaban más allá de cualquier hipótesis razonable; como no había explicación tampoco para las manchas de tinta halladas en ciertos pedazos de papel ni para las evidentes pruebas de que los aviones y otros instrumentos mecánicos, tanto en el campamento como junto a las excavaciones, habían sido mal manipulados. Los perros parecían no poder soportar la maquinaria tan inexplicablemente desordenada. Luego estaba también el asalto a la despensa, la desaparición de ciertos alimentos de primera necesidad, y las latas graciosamente apiladas y abiertas por los procedimientos y lugares más increíbles. La cantidad de fósforos esparcidos, intactos, rotos o gastados constituía otro enigma menor, así como dos o tres lonas de tienda y algunos abrigos de pieles que hallamos tirados en el suelo con cortes hechos, al parecer, al azar, pero que probablemente se hicieron al tratar de adaptar unas y otros a usos difíciles de imaginar. El mal trato dado a los cuerpos humanos y caninos y el demente sepelio de los ejemplares arcaicos, encajaban con aquella aparente locura devastadora. Con vistas a una eventualidad como la que estamos viviendo ahora, fotografiamos con cuidado todas las muestras de frenético desorden perceptibles en el campamento; utilizaremos las reproducciones para apoyar nuestros ruegos de que no parta la expedición proyectada por Starkweather-Moore.

Lo primero que hicimos cuando hallamos los cuerpos en el cobertizo, fue fotografiar y abrir la fila de tumbas cubiertas con montículos de nieve en forma de estrella. No pudimos sino advertir la semejanza que había entre aquellos montones de nieve monstruosos, con sus conjuntos de puntos agrupados, y la descripción que nos había hecho el desdichado Lake de los insólitos pedazos de esteatita verdosa, y cuando encontramos algunos de estos pedazos en el gran montón de minerales, advertimos que la semejanza era, en efecto, muy grande. He de decir claramente que toda aquella configuración recordaba terriblemente la cabeza en forma de estrella de aquellos seres arcaicos y todos estuvimos de acuerdo en que esta similitud debió de ejercer una poderosa influencia en la mente de los hombres de Lake, extremadamente sensibilizados por el cansancio.

Porque la locura —centrada en Gedney como único posible sobreviviente— fue la explicación adoptada espontáneamente por todos, al menos en cuanto a lo que se expresó verbalmente, aunque no incurriré en la ingenuidad de negar que cada uno de nosotros probablemente guardaba las más descabelladas explicaciones que la cordura nos impidió formular. Sherman, Pabodie y McTighe realizaron aquella tarde un dilatado vuelo sobre el territorio de los alrededores y escudriñaron el horizonte con binoculares en busca de Gedney y de los varios seres desaparecidos, pero nada se pudo averiguar. El trío explorador informó que la cordillera se extendía interminable hacia la derecha y hacia la izquierda sin disminuir de altura ni mostrar cambio fundamental de la estructura. En algunos de los picos, sin embargo, las formaciones de cubos y bastiones eran más claras y acusadas, y mostraban semejanzas doblemente fantásticas con las ruinas de las tierras altas de Asia pintadas por Roerich. La distribución de las bocas de cueva crípticas en las negras cimas desprovistas de nieve parecía más o menos regular hasta donde la vista podía alcanzar.

A pesar de todos los espantos presentes, conservamos celo científico y curiosidad suficientes como para preguntarnos acerca de las regiones olvidadas que se hallarían al otro lado de las montañas misteriosas. Como dijimos en nuestros partes, siempre cautelosos, descansamos a medianoche, después de un día de espanto y confusión, mas no sin antes preparar un plan provisional para sobrevolar una o varias veces más la cordillera con un avión poco cargado, máquina de fotografías aéreas y equipo de geología, a partir de la mañana siguiente. Se decidió que Danforth y yo hiciéramos el primer intento, y con el propósito de despegar temprano nos despertamos a las siete, pero el fuerte viento, mencionado en nuestro breve boletín para el mundo exterior, retrasó la partida hasta casi las nueve.

Ya he repetido el relato poco delicado que hicimos a los hombres del campamento y que radiamos al exterior a nuestro regreso, dieciséis horas después de nuestra partida. Ahora me incumbe el tremendo deber de ampliar ese informe completando los vacíos que he callado por piedad con insinuaciones de lo que realmente vimos en el oculto mundo ultramontano, insinuaciones de los descubrimientos que finalmente han conducido a Danforth a una crisis nerviosa. Quisiera que él añadiera unas palabras honestas acerca de lo que cree que él solamente vio —aunque se trata seguramente de una figuración provocada por los nervios— y que fue tal vez la gota que colmó el vaso dejándole en el estado en que se encuentra, pero se muestra firme en contra de eso. Lo único que puedo hacer es repetir sus susurros incoherentes acerca de lo que le llevó a estallar en gritos mientras el avión regresaba por el desfiladero azotado por el ventarrón después de la emoción verdadera y tangible que compartí con él. No diré más. Si las claras señales que haya en lo que revele de antiguos horrores supervivientes no bastan para impedir que otros se aventuren a la Antártida interior —o al menos para que no curioseen demasiado hondamente bajo la superficie de ese supremo desierto de prohibidos arcanos y desolación inhumana maldita durante eones—, la responsabilidad de males indecibles y tal vez incalculables no será mía.

Danforth y yo, al estudiar los apuntes tomados por Pabodie en su vuelo de la tarde y hacer algunas comprobaciones con el sextante, habíamos calculado que el paso más bajo que ofrecía la cordillera se hallaba a nuestra derecha, a la vista del campamento y a siete mil metros sobre el nivel del mar. Partimos, pues, hacia a ese lugar en el aeroplano aligerado para iniciar nuestra expedición de hallazgo. El campamento, situado en unas ramificaciones que se alzaban sobre una elevada meseta continental, se hallaba a una altura de alrededor de unos cuatro mil quinientos metros; por tanto, lo que precisábamos subir no era tanto como a primera vista pudiera parecer. No obstante, a medida que ganábamos altura nos dimos cuenta de que el aire se enrarecía, pues, a causa de las condiciones de claridad, tuvimos que dejar abiertas las ventanillas de la cabina. Naturalmente, llevábamos puestas las pieles de mayor abrigo.

A medida que nos acercábamos a las adustas cumbres, que se elevaban oscuras y siniestras por encima de la nieve agrietada por los desfiladeros y los glaciares que rellenaban las quebradas, fuimos percibiendo más y más de aquellas formaciones inexplicablemente regulares que se adherían a las laderas y volvimos a pensar en las extravagantes pinturas asiáticas de Nicholas Roerich. Los vetustos estratos rocosos erosionados por los vientos confirmaron completamente todos los boletines de Lake, y vinieron a demostrar que aquellos picos se habían alzado allí exactamente del mismo modo desde eras asombrosamente tempranas de la historia de la Tierra, posiblemente durante más de cincuenta millones de años. Sería vana faena tratar de calcular a qué altura llegaron, pero cuanto se percibía en tan extraña región hacía pensar en tenebrosas influencias atmosféricas contrarias a las mudanzas y calculadas para dilatar los usuales procesos climáticos de desintegración de las rocas.

Pero lo que más nos fascinó e inquietó fue el amasijo de cubos regulares, de bastiones y de bocas de caverna que vimos en las laderas. Los estudié con la ayuda de los prismáticos y los fotografié mientras Danforth pilotaba; de vez en cuando le relevaba —aunque mi pericia como piloto no pasaba de ser la de un aficionado— para permitirle que utilizara los prismáticos. Podíamos ver sin mucha dificultad que gran parte de los cubos eran de cuarcita arcaica más bien arenosa, distinta de todo cuanto podíamos distinguir en grandes extensiones de terreno de la superficie general; y también que su uniformidad era muy grande y misteriosa hasta un punto que el desdichado de Lake apenas había podido sugerir.

Como él había dicho, tenían los bordes desmoronados y pulidos debido a incontables eones de erosión salvaje pero su misteriosa solidez y la dureza del material de que estaban formados habían logrado que perduraran a pesar de todas estas inclemencias. Muchas de sus partes, en especial las más cercanas a las laderas, parecían ser de sustancia idéntica a la de la superficie rocosa que las rodeaba. Todo ello rememoraba a las ruinas de Machu Pichu en Los Andes, o los primitivas paredes de los cimientos de Kish excavados por la expedición del Field Museum de Oxford en 1929; y tanto Danforth como yo tuvimos esa misma impresión de que se trataba de bloques monumentales separados que Lake había atribuido a Carroll, su copiloto. No me era posible, la verdad sea dicha, explicar la presencia de tales cosas en aquel lugar y me sentí un poco humillado como geólogo. Las formaciones ígneas, como son las volcánicas, presentan con periodicidad extrañas regularidades, como la afamada Calzada de los Gigantes de Irlanda, pero esta sobrecogedora sierra, pese a las primeras hipótesis de Lake acerca de la existencia de conos volcánicos humeantes, tenía por encima de todo una estructura que, en efecto, no era volcánica.

Las curiosas bocas de caverna, en cuyas cercanías parecían abundar más las insólitas formaciones, presentaban por su uniformidad otra incógnita, aunque menos que la primera. Como había dicho el boletín de Lake, eran aproximadamente cuadradas o semicirculares, como si una mano mágica hubiera concedido de una mayor simetría a los orificios naturales. Su abundancia y distribución eran notables, y hacían especular si toda la zona estaría, a modo de panal, llena de túneles trabajados en la piedra caliza por la tenacidad de las aguas. Nuestras miradas no pudieron penetrar muy profundamente en las cuevas, pero sí vimos que no había estalactitas ni estalagmitas. Fuera, la parte de las pendientes inmediatamente próximas parecía invariablemente regular y lisa, y Danforth tuvo la impresión de que las pequeñas grietas y hoyos producidos por la erosión mostraban insólitas configuraciones. Influido como estaba por los horrores y misterios hallados en el campamento, me dio a entender que aquellos hoyos recordaban nebulosamente a los grupos de puntos que salpicaban los primitivos trozos de esteatita verdosa, tan atrozmente copiados en los túmulos de nieve, concebidos por la locura, que cubrían las seis monstruosidades enterradas.

Habíamos ascendido gradualmente al volar sobre las ramificaciones más altas y a lo largo de la garganta relativamente baja que habíamos escogido. A medida que avanzábamos, mirábamos algunas veces hacia la nieve y el hielo del camino por tierra, y nos preguntamos si hubiéramos podido tratar de llevar a cabo la expedición con el equipo más simple de épocas anteriores. Y vimos con asombro que el terreno no era difícil en la medida que suele ser en esos lugares, y que, pese a las grietas de los glaciares y a otros impedimentos duros de vencer, no era probable que la dificultad del terreno hubiese parado los trineos de un Scott, un Shackleton o un Amundsen. Unos de los glaciares parecían llevar a gargantas que los vientos limpiaban de nieve con rara continuidad, y cuando alcanzamos el paso que habíamos elegido, vimos que este no constituía una excepción.

La tensa expectación que sentimos cuando nos disponíamos a rodear la cima y asomarnos a un mundo jamás visto, apenas cabe sintetizar por escrito, aunque no teníamos motivo alguno para pensar que las tierras que se explayaban al otro lado de las montañas fueran esencialmente distintas de aquellas que ya habíamos visto y atravesado. El aire misterioso y maligno de aquella barrera montañosa, y del incitante mar de cielo opalescente fugazmente entrevisto entre las cumbres, era algo tan tenue y sutil que no cabe definir con palabras. Se trataba más bien de un asunto de difuso simbolismo psicológico y de asociaciones estéticas, un algo antes mezclado con pinturas y poemas exóticos y con mitos arcaicos que vigilaban en libros rehuidos y prohibidos. Incluso la fuerza del viento tenía una extraña tensión de malignidad consciente; y durante un segundo pareció que en su sonido combinado había un extraño silbo musical o fino tono de gaita que se extendiera a lo largo de las notas de una amplia escala cuando el poderoso hálito del viento entraba en las bocas de las cuevas para luego salir de ellas con fuerza sonora. Había en estos sonidos una nota vaga que repelía, tan compleja e imposible de identificar como cualquiera de las otras tenebrosas impresiones del día.

Nos hallábamos ahora, después de la lenta subida, a más de siete mil metros de altura, según el barómetro, y habíamos dejado atrás con seguridad las regiones de suelos cubiertos de nieve. Allá arriba solamente se veían desnudas y oscuras laderas de roca y el nacimiento de glaciares de aristas ásperas, pero aquellos cubos inquietantes, bastiones y bocas de cueva resonantes añadían algo pasmoso, fantástico, antinatural, casi como un sueño. Mirando a lo largo de la formación de cumbres elevadas, creí ver la mencionada por el desdichado Lake, un pico coronado por una fortificación que se elevaba sobre la misma cima. Parecía estar envuelto en medio de una extraña neblina antártica —una neblina que probablemente sugirió a Lake la idea del volcanismo—. La garganta se abría justo frente a nosotros, lisa y barrida por el viento entre elevaciones abruptas de aspecto maligno. Más allá se veía un cielo distorsionado por torbellinos de vapor e iluminado por el bajo sol polar, el cielo de los misteriosos reinos de un más allá que, según pensábamos, jamás había sido contemplado por los ojos del hombre.

Un poco más de altura y presenciaríamos esos reinos. Danforth y yo, incapaces de comunicarnos, excepto a gritos, en medio de aquella ventisca veloz que ululaba y rugía en la garganta uniéndose al estruendo de los motores sin silenciar, intercambiamos miradas elocuentes. Y después, tras ascender aquella poca altura, divisamos por encima de la vertiente divisoria hacia los misterios no descubiertos de una tierra totalmente extraña y todavía más antigua.

V

Sospecho que ambos gritamos de pavor al unísono, de terror, de asombro y de incredulidad de los sentidos, cuando al fin salimos del paso y observamos lo que había más allá. Evidentemente, alguna teoría natural debió surgir en el fondo de nuestra mente apaciguando nuestras habilidades en aquel instante. Quizá pensamos en ese momento en las piedras del Jardín de los Dioses en Colorado, modeladas grotescamente por el tiempo, o en las fantásticamente simétricas rocas cinceladas por el viento en el desierto de Arizona. Puede que inclusive pensáramos que lo que veíamos era una ilusión, como la que habíamos presenciado la mañana anterior al aproximarnos por vez primera a aquellas montañas de locura. En estas ideas normales tuvimos que refugiarnos cuando nuestras miradas recorrieron la infinita altiplanicie marcada por las cicatrices de las tormentas y cuando percibimos el casi interminable laberinto de masas rocosas, monumentales, regulares y geométricamente eurítmicas que erguían sus demolidas crestas, llenas de hoyos como de viruelas, por encima de una costra de hielo de grosor no superior a los ciento cincuenta metros en sus partes más gruesas, y evidentemente más finas en otras.

La sensación que causaba aquella terrible visión era indecible, pues desde el primer instante era evidente una violación demoníaca de las leyes naturales. Allí, sobre una altiplano horriblemente antiguo, a seis mil metros de altura, y en medio de un terrible clima desde un tiempo previo a la humanidad de al menos quinientos mil años de antigüedad, se expandía hasta donde llegaba la mirada un grupo de piedras ordenadas, que solo la defensa desesperada e instintiva de la razón podía achacar a otra cosa que no fuera un proyecto artificial y consciente. Ya habíamos desechado como locura la teoría de que las fortificaciones y los cubos de las laderas no fueran de origen natural. ¿Cuál podía ser la explicación, si la humanidad apenas se diferenciaba del primate cuando aquel lugar se rindió al reino actual y perpetuo de la muerte de hielo? Y, a pesar de todo, ahora la razón parecía inevitablemente vencida, pues aquel colosal laberinto de bloques cuadrados, angulosos y curvos tenían características más allá de toda racionalidad. Era, indudablemente, la ciudad maldita del espejismo convertida en desnuda realidad, objetiva, ineludible. Aquel prodigio perverso tenía después de todo base en la realidad —algún estrato horizontal de polvo congelado se había constituido en la atmósfera superior y el abominable grupo de piedra superviviente había proyectado su imagen sobre las montañas, de acuerdo con las leyes de la reflexión—. Naturalmente, el espejismo estaba exagerado y desfigurado, mostrando cosas ajenas al paisaje real, pero ahora que observábamos este lo encontramos incluso más amenazador y horrendo que su imagen lejana.

Solamente la increíble e inhumana solidez de estas inmensas torres y de muros había salvado al amenazado conjunto de su total destrucción en los centenares de miles —quizás en los millones— de años que había permanecido muerto en medio de los atroces vientos de una altiplanicie yerta. «Corona Mundi» —«el Techo del Mundo»—. Toda clase de frases fantásticas acudieron a nuestros labios mientras veíamos con vértigo el asombroso espectáculo. Pensé una vez más en los primeros mitos sobrenaturales que tan incesantemente me habían venido a la mente, y obsesionado desde que vi por primera vez ese muerto mundo antártico —los mitos de la diabólica meseta de Leng, del Mi-Go o abominable hombre de las nieves del Himalaya, de los manuscritos pnakóticos con sus implicaciones prehumanas, del culto de Cthulhu, del Necronomicón, de las leyendas hiperbóreas del informe Tsathoggua y del engendro estelar peor que informe asociado con esa semientidad.

Durante incontables kilómetros, aquello se extendía en todas direcciones, sin parar; al seguir con la mirada todo aquel conjunto hacia la derecha y hacia la izquierda, a lo largo de la base de las ramificaciones que lo separaban de la montaña, decidimos que no podíamos apreciar disminución alguna en su densidad, salvando un claro situado a la izquierda del desfiladero por el que habíamos entrado. Habíamos dado, por casualidad, con una parte limitada de algo de incalculable extensión. Las faldas de las montañas estaban salpicadas algo más sobriamente de estructuras grotescas de piedra, que unían la terrible ciudad a los ya bien conocidos cubos y muros, que constituían evidentemente sus vanguardias. Estos últimos, y también las extrañas bocas de cuevas, abundaban tanto en la vertiente interior como en la exterior de las montañas.

El laberinto de piedras sin nombre consistía en su mayor parte de muros de tres a cuarenta metros de altura y entre un metro y medio y tres de grosor. Estaba formado primariamente por extraordinarios bloques de oscura pizarra primordial, esquistos y piedra arenisca, bloques en algunos casos de hasta dos metros y medio de largo, aunque en varios lugares parecía estar tallado en un lecho desigual y macizo de roca de pizarra precámbrica. Las edificaciones estaban lejos de ser de igual tamaño, pues había innumerables disposiciones de enorme extensión semejantes a panales y otras más pequeñas y aisladas. La forma general de esas disposiciones tendía a ser cónica, piramidal o escalonada, aunque había salpicados aquí y allá cilindros perfectos, cubos perfectos, grupos de cubos y de otras formas rectangulares y raros edificaciones angulares, cuyo plano de cinco puntas daba una idea aproximada de fortificaciones modernas. Los constructores habían hecho uso constante y experto del principio del arco, y es posible que en sus tiempos de apogeo la ciudad tuviera bóvedas.

Todo el conjunto estaba monstruosamente afectado por la erosión, y la superficie helada de la que surgían las torres estaba llena de bloques caídos y de escombros de milenaria antigüedad. Allí donde la capa de hielo era diáfana pudimos ver bases de gigantescas columnas y puentes de piedra, conservados por el hielo y que unían las distintas torres a diversas distancias del suelo. En los muros que estaban a la vista pudimos distinguir ruinas de otros puentes más altos del mismo tipo, ya desaparecidos. Una inspección más detenida reveló innumerables ventanas de buen tamaño, algunas de las cuales estaban cerradas por un material petrificado que había sido madera, aunque las más de ellas bostezaban abiertas de un modo funesto y amenazador. Naturalmente, muchos de los vestigios carecían de tejado y mostraban gabletes desiguales redondeados por el viento, en tanto que otras, de tipo más intensamente cónico o piramidal, o protegidas por edificios más altos, conservaban intacta su silueta a pesar de la ruina y corrosión. Utilizando los prismáticos apenas pudimos distinguir lo que parecían ser ornamentos esculpidos formando franjas horizontales —entre ellas curiosos grupos de puntos—, cuya presencia en la antigua esteatita ahora cobraba una importancia inmensamente mayor.

En muchos lugares las edificaciones estaban completamente en ruinas y la capa de hielo profundamente hendida por varias causas geológicas. En otros la piedra estaba carcomida hasta el mismo nivel de la superficie helada. Una gran franja, que se extendía desde el interior de la meseta hasta una hoz situada en las laderas de las ramificaciones, como a dos kilómetros del desfiladero que habíamos atravesado, estaba totalmente libre de edificios. Dedujimos que quizá se trataba del cauce de algún caudaloso río que en la era Terciaria, hace millones de años, fluyó a través de la ciudad hasta caer en algún increíble abismo subterráneo de la gran sierra. Desde luego, era aquella sobre todo una región de cuevas, simas y secretos subterráneos que estaban más allá de la comprensión del hombre.

Recordando lo que sentimos entonces y nuestra inmensa confusión al ver aquel monumental conglomerado superviviente de eras antiquísimas que habíamos creído anteriores a la humanidad, únicamente me cabe sorprenderme de que conserváramos una actitud semejante al equilibrio, pero así fue. Claramente, sabíamos que algo —la cronología, las teorías científicas o nuestra propia conciencia— andaba lamentablemente equivocado. Y, sin embargo, conservamos la entereza suficiente para pilotar el avión y hacer cuidadosamente una serie de fotografías que quizá puedan servirnos a nosotros y al mundo para bien. En mi caso puede que me ayudaran arraigados hábitos científicos, pues por encima de todo mi desconcierto y de la sensación de peligro, dominaba la creciente curiosidad de profundizar más en ese milenario secreto, de saber qué clase de seres habían edificado y habitado este lugar incalculablemente titánico y qué relación con el mundo de su época o de otros tiempos había podido tener tan excepcional congregación de vida.

Pues aquello no había podido ser una ciudad ordinaria. Tuvo que constituir el núcleo primordial y el centro de algún arcaico e increíble capítulo de la historia terrenal, cuyas ramificaciones exteriores, solo recordadas vagamente en los mitos más deformes y oscuros, se habían esfumado totalmente en medio del caos de las convulsiones terrestres, mucho antes de que cualquier raza humana conocida saliera con paso indeciso del mundo de los simios. Aquí se extendía una megalópolis paleógena, en comparación con la cual las fabulosas Atlantis y Lemuria, Commoriom y Uzuldarum, y la Olathos de la tierra de Lomar son cosas recientes de hoy, ni siquiera de ayer; era una megalópolis comparable a blasfemias pre-humanas dichas susurrando, blasfemias tales como Valusia, R'lyeh, Ib en la tierra de Mnar, y la Ciudad sin Nombre de la Arabia Desierta. Mientras sobrevolábamos aquel laberinto de colosales torres desnudas, mi imaginación escapaba en ocasiones a todo freno y vagaba sin norte por reinos de maravillosas asociaciones de ideas, llegando a tejer lazos entre este mundo perdido y algunos de mis pensamientos más insensatos acerca del frenético horror del campamento.

El depósito de gasolina del avión se había llenado solo en parte para aligerar el peso en la medida de lo posible, por lo que teníamos que tener cuidado en nuestra exploración. Aún así recorrimos una vasta extensión de terreno —o, mejor dicho, de aire— después de bajar planeando hasta una altura en la que el viento casi dejó de soplar. La sierra parecía no tener fin, al igual que la aterradora ciudad de piedra que bordeaba sus laderas. Un vuelo de cien kilómetros en las dos direcciones no reveló cambio importante en el laberinto de rocas y edificios que surgían destrozando el eterno hielo como un cadáver. Había, sin embargo, algunas variaciones fascinantes, como lo esculpido en el cañón por el que el caudaloso río atravesara antaño las laderas para llegar al lugar en que se hundía en la tierra de la gran cordillera. Las alturas que daban entrada al cañón habían sido esculpidas audazmente hasta formar dos columnas gigantes, y algo tenía el desigual tallado en forma de barril que nos trajo a la memoria a Danforth y a mí recuerdos extrañamente confusos, vagos y odiosos.

Vimos también varios lugares abiertos en forma de estrella, evidentemente plazas públicas, y percibimos varias ondulaciones en el terreno. Allí en donde se alzaba de repente una loma, esta estaba ahuecada para construir con ella un destruido edificio de piedra; pero había por lo menos dos excepciones. De ellas, una estaba demasiado devastada por la erosión para permitir adivinar qué hubo en la cima del cerro, en tanto que la otra todavía mostraba un fantástico monumento cónico tallado en la roca viva y que se parecía ligeramente a construcciones como la conocida Tumba de la Serpiente en el antiguo valle de Petra.

Volando tierra adentro desde las montañas, hallamos que la ciudad no era de una anchura infinita, aunque su longitud a lo largo de las ramificaciones parecía no tener fin. Al cabo de unos cuarenta kilómetros, los extravagantes edificios de piedra comenzaron a disminuir en número, y diez kilómetros más allá llegamos a una planicie desnuda casi sin señales de edificaciones. El cauce del río parecía marcado más allá de la ciudad por una ancha franja hundida, en tanto que el terreno se hacía más escarpado y parecía elevarse progresivamente conforme se extendía hacia el Oeste cubierto por la neblina.

Hasta entonces no habíamos realizado ningún aterrizaje, pero abandonar la meseta sin hacer tentativa alguna de entrar en algunos de los insólitos edificios parecía inconcebible. Así que decidimos buscar algún lugar llano en las laderas cercanas a la garganta, aterrizar en él y prepararnos para hacer a pie una exploración. Aunque aquellas suaves laderas estaban cubiertas en parte por las ruinas esparcidas por ellas, pronto encontramos buen número de posibles lugares de aterrizaje. Después de elegir el más cercano al desfiladero, pues habíamos de volar a través de la monumental cordillera de regreso al campamento, a eso de las 12.30 del mediodía pudimos aterrizar en una planicie de nieve endurecida, completamente libre de obstáculos y preparada para efectuar después un despegue rápido y favorable.

No nos pareció necesario proteger el avión con taludes de nieve para tan poco tiempo y en vista de la ausencia de viento en aquellas alturas; todo lo que hicimos fue prevenir que los patines de aterrizaje quedaran firmemente sujetos y que las partes vitales del aeroplano estuviesen resguardadas del frío. Para la expedición a pie apartamos las prendas de vuelo muy gruesas y forradas de pieles, y llevamos con nosotros un pequeño equipo, consistente en una brújula de bolsillo, una máquina de fotos, algunos suministros, gruesos cuadernos y papel en abundancia, martillo y cincel de geólogo, bolsas para las muestras de mineral, un rollo de cuerda de montañero y potentes linternas eléctricas con pilas de repuesto; llevábamos este equipo en el avión por si se nos presentaba ocasión de aterrizar, tomar fotografías en tierra, hacer dibujos y trazar planos topográficos, además de recoger muestras de rocas en algunas de las desnudas laderas o en una cueva. Por suerte, disponíamos de papel en cantidad para romper, meter en un saco y utilizarlo como en el tradicional deporte de «la liebre y los sabuesos» con el fin de dejar señales de nuestro camino en cualquiera de los laberintos anteriores en los que pudiéramos entrar. Lo llevábamos para el caso de que encontráramos una serie de cuevas en las que el aire estuviera en calma lo suficiente como para permitirnos emplear este rápido y simple método en lugar del habitual de dejar en las rocas señales hechas con un cincel.

Mientras bajábamos cautelosamente la pendiente de nieve endurecida hacia el milagroso laberinto de piedra que se alzaba maligno contra el fondo de un Oeste opalescente, tuvimos una sensación casi tan aguda de estar a punto de experimentar maravillas como cuando, cuatro horas antes, nos habíamos aproximado al increíble paso de la cordillera. Es cierto que nuestros ojos se habían habituado con el increíble secreto oculto por la barrera de cumbres, y, sin embargo, la perspectiva de adentramos entre paredes primordiales levantadas por seres conscientes hacía tal vez millones de años —antes que pudiera haber existido ninguna raza humana conocida— no resultaba menos amenazadora y posiblemente terrible por lo que suponía de anomalía cósmica. Aunque la finura del aire a aquella prodigiosa altura hacía los esfuerzos más difíciles de lo corriente, tanto Danforth como yo vimos que lo soportábamos muy bien, y nos sentimos capacitados para casi cualquier tarea que pudiera caermos en suerte. Solamente tuvimos que dar algunos pasos para llegar hasta unas ruinas amorfas que la erosión había dejado al ras del suelo, mientras que unas diez o quince varas más allá se alzaba un enorme bastión descubierto que todavía mostraba su monumental estructura de cinco puntas alcanzando una altura irregular de tres o cuatro metros. Nos dirigimos hacia él, y cuando al fin pudimos llegar a tocar sus colosales bloques tuvimos la sensación de haber establecido un eslabón sin precedentes, casi sacrílego, con tiempos olvidados y habitualmente arcanos para nuestra especie.

Esta fortaleza, en forma de estrella, medía tal vez noventa metros de punta a punta y estaba construido con bloques de arenisca jurásica de tamaño irregular, de caras que medían al menos tres metros cuadrados. A lo largo de las puntas de la estrella y de sus ángulos interiores se abría, a distancia casi simétrica, una fila de arcos o ventanas de un metro de ancho y medio de altura, cuyo extremo inferior quedaba como a un metro de la superficie helada del suelo. Contemplando a través de estos arcos y ventanas pudimos ver que el espesor de los muros era de un metro y medio, que en el interior no quedaba tabique alguno y que se percibían restos de franjas talladas o bajorrelieves en las paredes internas —hechos que, desde luego, ya habíamos previsto al volar a poca altura por encima de ese bastión y de otros parecidos—. Aunque debieron existir en un principio partes bajas, toda huella de ellas estaban completamente ocultas en aquel lugar por una espesa capa de nieve y hielo.

Entramos a gatas por una de las ventanas e intentamos en vano descifrar los dibujos murales casi desvanecidos, pero no tratamos de perturbar el helado suelo. Los vuelos de orientación nos habían indicado que muchas de las edificaciones de la ciudad propiamente dicha estaban menos tapadas por el hielo y que tal vez podríamos encontrar interiores completamente despejados que nos permitieran llegar al verdadero piso bajo si entrábamos en un edificio que aún mantuviera el tejado. Antes de abandonar la fortaleza la fotografiamos minuciosamente y estudiamos con verdadero asombro su colosal obra de mampostería sin argamasa. Hubiéramos deseado tener allí a Pabodie, que con sus conocimientos de ingeniería quizá nos hubiera ayudado a entender cómo pudieron manejarse aquellos bloques titánicos en época extraordinariamente lejana en que habían sido edificados la ciudad y sus alrededores.

Aquel recorrido de un kilómetro cuesta abajo hasta la ciudad verdadera, mientras el viento de las alturas gemía en vano y horriblemente a través de los picos que se alzaban hacia el cielo al fondo, es algo que quedará grabado para siempre en mi mente con sus más ínfimos detalles. Solamente en vívidas pesadillas podía un ser humano, excepto Danforth y yo, concebir tales efectos ópticos. Entre nosotros y los agitados vapores del Oeste se extendía aquel inhumano revoltijo de hoscas torres de piedra, cuyas increíbles e improbables formas nos impresionaban cada vez que las veíamos desde un ángulo distinto. Era un espejismo en piedra maciza, y, a no ser por las fotografías, todavía dudaría qué podía ser aquello. El tipo general de construcción era idéntico al de la fortaleza que habíamos examinado, pero las formas grotescas que revestían aquellas edificaciones en su manifestación urbana sobrepasan las posibilidades del detalle.

Incluso las fotografías ilustran solamente uno o dos aspectos de su infinita variedad, de su solidez preternatural y de su exotismo absolutamente foráneo. Había formas geométricas que Euclides difícilmente habría podido definir: conos con toda clase de irregularidades y truncamientos, disposiciones escalonadas con todo tipo de sugerentes desproporciones, respiraderos con extraños ensanchamientos de bulbo, columnas quebradas en curiosos agrupamientos y construcciones de cinco puntas o cinco lomos de grotesca demencia. Conforme nos acercamos pudimos ver lo que había bajo ciertas partes transparentes de la capa de hielo y percibir algunos de los puentes tubulares de piedra que unían los edificios esparcidos, sin orden ni concierto, a varias alturas. No había calles ordenadas, ninguna, al parecer, y la única franja anchurosa y despejada se hallaba a la izquierda, a dos kilómetros de distancia, en el lugar por donde debió fluir el antiguo río que atravesó la ciudad para ir luego a hundirse en las montañas.

Los prismáticos nos permitieron ver que pululaban las franjas horizontales de esculturas y grupos de puntos, todas ya casi borradas, y casi pudimos imaginar el aspecto que la ciudad debió de tener en su día, aunque la mayor parte de los tejados habían desaparecido y las partes superiores de las torres inevitablemente también habían sucumbido. En conjunto, había sido un complejo revoltijo de callejuelas tortuosas y pasadizos, todos ellos a modo de profundos desfiladeros y algunos poco mejor que túneles, dada la gran altura de los edificios y los arcos de los puentes que pasaban sobre ellos. Explayada a nuestros pies se destacaba a la sazón, como la fantasía de un sueño, contra la neblina del Oeste, a través de cuyo extremo septentrional trataba de brillar el bajo sol rojizo de primera hora de la tarde; y cuando por un momento el sol encontró un obstáculo más denso y la escena se ensombreció temporalmente, el efecto encerró una sutil amenaza que jamás podré definir. Incluso los débiles aullidos y silbidos del viento que no apreciábamos, pero que soplaba en los desfiladeros que quedaban a nuestra espalda, adquirían un tono más salvaje de maldad intencionada. La última etapa de nuestro descenso a la ciudad resultó en exceso abrupta y empinada, y un saliente de piedra situado en el lugar en que variaba la inclinación de la pendiente nos hizo pensar que allí debió haber en otros tiempos una terraza artificial. Sospechamos que bajo la capa de hielo debía haber un tramo de escalones o algo semejante.

Cuando por fin entramos en la ciudad, trepando por encima de montones de escombros y cohibidos por la opresiva proximidad y la imponente altura de los ubicuos muros llenos de hoyos y medio desmoronados, volvieron nuestras sensaciones a ser de tal naturaleza que me maravilla el hecho de que conserváramos todavía algo de dominio sobre nosotros mismos. Danforth se mostraba francamente nervioso y comenzó a hacer conjeturas desagradables y fuera de lugar acerca del horror del campamento, conjeturas que me afectaron tanto más porque no podía evitar el compartir con él ciertas conclusiones que nos forzaban a aceptar muchas de las características de aquella morbosa supervivencia de una antigüedad de pesadilla. Sus ideas influyeron también sobre su imaginación, pues al llegar a cierto lugar en que el pasadizo colmado de escombros cambiaba violentamente de dirección se empeñó en decir que percibía en el suelo marcas borrosas que no eran de su gusto, mientras que en otros se detenía para escuchar sonidos imaginados que decía percibir procedentes de un punto indefinido —algo como el musical gemido de una flauta, que recordaba en cierto modo el sonido del viento en las cuevas de las montañas y que, sin embargo, era inquietantemente distinto—. La presencia constante de aquella arquitectura en forma de estrella de cinco puntas y de los pocos arabescos murales que podían distinguirse, encerraban sugerencias oscuramente siniestras que no podíamos evitar, y que provocaban en nosotros una terrible certeza subconsciente acerca de los entes primitivos que habían crecido y habitado en aquel lugar maldito.

A pesar de todo, nuestro espíritu científico y aventurero no había desaparecido por completo, y llevamos a cabo mecánicamente nuestro programa de conseguir muestras de los distintos tipos de roca simbolizados en los muros. Queríamos reunir un juego bastante completo para poder sacar mejor conclusiones acerca de la antigüedad del lugar. Nada de cuanto vimos en los muros exteriores parecía ser posterior al período jurásico o al comanchiense, y ninguna de las piedras del conjunto era posterior al plioceno. La extraordinaria realidad era que vagábamos entre una muerte que había reinado allí durante, por lo menos, quinientos mil años, y muy probablemente muchos más.

Conforme avanzábamos entre aquel laberinto de luz vespertina ensombrecida por la piedra, nos deteníamos ante todas las aberturas posibles para estudiar interiores e investigar entradas probables. Algunas estaban fuera de nuestro alcance, en tanto que otras solamente conducían a ruinas obstruidas por el hielo y tan desnudas y carentes de techo como la fortaleza de la ladera. Una, espaciosa y tentadora, se abría ante un abismo al parecer insondable y sin que se percibiera medio alguno de bajada. De cuando en cuando tuvimos ocasión de examinar la madera petrificada de un poste que había sobrevivido, impresionándonos la fabulosa antigüedad que delataba el grano, todavía visible. Aquella madera procedía de gimnospermas y coníferas de la era mesozoica —especialmente de árboles cicadáceos cretácicos—, y de palmeras y angiospermas de la era terciaria. Nada vimos decisivamente posterior al plioceno. La colocación de estos postes —cuyos bordes mostraban las señales dejadas por bisagras de extrañas formas desaparecidas mucho tiempo atrás— indicaba que se utilizaron para variados fines, pues algunos estaban en el interior y otros en el exterior de los anchos bastidores. Parecían haber quedado encajadas en su lugar, por lo que habían resistido a la oxidación de las desaparecidas piezas de sujeción, probablemente metálicas.

Después de un tiempo llegamos ante una hilera de ventanas —situada en las partes salientes de un colosal cono de cinco aristas y de ápice intacto— que daban a una vasta estancia bien guardada y de suelo enlosado; pero estaban demasiado altas para permitir bajar desde ellas sin ayuda de una cuerda. Teníamos cuerdas, pero no queríamos molestarnos en efectuar aquel descenso de seis metros, a menos que nos viéramos obligados a ello, especialmente en medio de aquel aire sutil de la altiplanicie, en el que el corazón se veía sometido a un mayor esfuerzo.

Aquella enorme estancia era posiblemente una sala o lugar de reunión, y las linternas eléctricas nos mostraron esculturas de modelado profundo, precisas e impresionantes, ordenadas a lo largo de las paredes en amplias franjas horizontales separadas por otras franjas igualmente anchas de adornos convencionales. Tomamos buena nota del lugar y decidimos entrar por él, a menos que encontráramos otro interior de más fácil acceso.

Pero al fin hallamos la entrada deseada, un arco de dos metros de anchura y tres de altura que se alzaba en el extremo anterior de un puente elevado que había cruzado hace tiempo sobre una callejuela y que quedaba ahora como a cinco pies de altura sobre el actual nivel del suelo congelado. Estos arcos, claramente, se hallaban al nivel de los pisos altos, y, en este caso, todavía existía uno de aquellos pisos. El edificio al que así podía accederse constaba de una serie de terrazas escalonadas y rectangulares que quedaban a nuestra izquierda y miraban hacia el Oeste. Al otro extremo de la callejuela, donde se abría el otro arco, había un cilindro muy malogrado sin ventanas y con un curioso abultamiento a unos tres metros por encima de la abertura. En el interior la oscuridad era absoluta y el arco parecía abrirse sobre un vacío infinito.

Los escombros amontonados hacían mucho más fácil la entrada al vasto edificio de la izquierda, y, sin embargo, dudamos por un momento antes de aprovechar tan esperada ocasión. Pues aunque habíamos entrado en aquel laberinto de arcaicos misterios, hacía falta un renovado valor para entrar en un edificio completo, superviviente de un mundo increíblemente antiguo y cuya horrenda naturaleza se nos revelaba cada vez más palpablemente. Pero acabamos por decidirnos, y trepamos sobre los escombros hasta el arco. El suelo junto al arco estaba cubierto por grandes losas y parecía constituir la salida de un largo corredor, de alto techo y paredes esculpidas.

Al observar la gran cantidad de corredores abovedados que salían de él y percatarnos de la posible complejidad del panal de habitaciones que debía de haber en su interior, decidimos utilizar el sistema de la «liebre y los sabuesos» para marcar el camino recorrido. Hasta ese momento el compás y las visiones momentáneas de la gran cadena de montañas que aparecía entre las torres que permanecían a nuestra espalda habían bastado para evitar que nos extraviáramos; pero de ahora en adelante nos sería indispensable recurrir a otros trucos. Así, pues, desmenuzamos el papel en trozos de un tamaño apropiado, los metimos en un saco que había de llevar Danforth y establecimos emplearlos con todo el ahorro que permitiera nuestra seguridad. Este sistema nos impedía el riesgo de perdernos, pues no parecía que dentro del antiguo edificio soplara con fuerza ninguna corriente de viento. Si este llegara a levantarse, o si se nos agotaran los trozos de papel, claramente, recurriríamos al sistema más seguro, harto más lento y tedioso, de hacer marcas en las piedras con el cincel.

Qué superficie tendría el lugar que acabábamos de hallar era muy difícil de adivinar sin hacer alguna exploración. La frecuente y estrecha comunicación entre los distintos edificios probablemente hacía posible pasar de uno a otro por puentes situados a un menor nivel que el de la capa de hielo, exceptuando los casos en que nos lo impidieran los derrumbamientos locales y las fallas geológicas, pues parecía que el hielo había entrado poco dentro de los edificios. Casi todas las franjas de hielo transparente nos habían permitido ver bajo él ventanas cerradas con postigos, como si la ciudad hubiera sido dejada en ese estado uniforme hasta que el hielo vino a cubrir la parte baja para siempre. Realmente daba la impresión que la ciudad había sido clausurada premeditadamente y abandonada en algún oscuro y remotísimo período, y no que hubiera sido víctima de alguna catástrofe imprevista, o menos aún, de una decadencia gradual. ¿Acaso se predijo la llegada del hielo y una población anónima dejó la ciudad masivamente para ir en busca de lugares más propicios para vivir? Las condiciones fisiográficas precisas que acompañaron a la formación de la capa de hielo era una pregunta cuya respuesta tendría que buscarse en otro momento. Era claro que no fue un impulso espontáneo y repentino lo que obligó al éxodo. Tal vez fuera el peso de la nieve aglomerada, quizás alguna inundación del río, o algún gigante glaciar que rompiera su milenario muro helado de contención allá en la gran cordillera lo que haya creado la actual situación que podíamos ver. La imaginación podía concebir casi cualquier cosa con respecto a ese lugar.

VI

Sería aburrido dar un recuento detallado y consecutivo de nuestro deambular por aquel cavernoso laberinto, yermo durante eones, por entre aquellas arcaicas construcciones, por aquella guarida monstruosa de secretos lejanos que ahora respondían con su eco, por primera vez tras eras incontables, al rumor de los pasos del hombre. Gran parte de aquel horripilante drama y de las revelaciones espantosas, procedió del estudio de las ubicuas escenas esculpidas en las paredes. Las fotografías tomadas de esos bajorrelieves ayudarían a demostrar la verdad de cuanto estamos hallando, y es lamentable que no lleváramos encima mayor cantidad de película. Cuando se acabaron los carretes, hicimos rudimentarios dibujos de algunos de los más destacados detalles en nuestros cuadernos de notas.

El edificio en el que habíamos entrado era muy complejo y de gran tamaño, y nos dio una impresionante idea de la arquitectura de aquel desconocido pasado geológico. Las paredes interiores eran mucho menos gruesas que los muros exteriores, pero en las partes bajas estaban muy bien conservadas. Una laberíntica complejidad caracterizaba el orden de las piezas, incluidas curiosas irregularidades de nivel; y sin lugar a dudas nos hubiéramos perdido desde el inicio de la exploración a no ser por el rastro de papeles que fuimos dejando a nuestras espaldas. Decidimos explorar primero las partes altas más derruidas, por lo que subimos una distancia de unos treinta metros hasta la planta superior, donde las cámaras se abrían arruinadas y cubiertas de nieve bajo el cielo polar. Hicimos el ascenso por empinadas rampas de piedra provistas de travesaños que hacían las veces de escaleras. Las estancias que encontramos tenían todas las dimensiones y formas imaginables, desde salas en forma de estrella de cinco puntas, a triángulos y cubos perfectos. Podría decirse que la mayoría de ellas tenían una superficie de nueve metros de ancho, por nueve de largo y seis de altura, aunque hallamos otras de mayores dimensiones. Después de examinar cuidadosamente las plantas superiores y la del nivel del hielo, bajamos, piso por piso, a la parte sumergida, en donde advertimos que nos hallábamos en un laberinto continuo de cámaras y pasadizos que probablemente conducían a otras zonas situadas fuera de aquel edificio. El monumental espesor de los muros y las gigantescas dimensiones de cuanto nos rodeaba resultaban asombrosamente opresivos; y algo tenue pero profundamente inhumano se revelaba en todos los contornos, proporciones, decorados y matices de construcción del arcaico y repulsivo tallado de la piedra. Pronto entendimos, por lo que mostraban los bajorrelieves, que aquella monstruosa metrópolis tenía muchos millones de años de antigüedad.

Aún no podemos explicar los principios de ingeniería que se usaron para lograr el insólito equilibrio y ensamblaje de aquellas inmensas masas de piedra, aunque resultaba claro que se había hecho gran uso de los arcos. Las estancias en que entramos estaban totalmente vacías de cualquier objeto portátil, lo que ratificaba nuestra creencia de que la ciudad había sido abandonada deliberadamente. La principal característica de la decoración era el sistema casi universal de murales labrados que tendían a extenderse en franjas horizontales continuas de un ancho de un metro y dispuestas en paralelo desde el suelo hasta el techo, alternando con listas de igual anchura reservadas para caprichosos dibujos geométricos. Alguna excepción había de esta disposición, pero su predominio era total. No obstante, se veían con frecuencia una serie de medallones embutidos en las franjas de arabescos, pero cuyas lápidas solamente mostraban un curioso conjunto de puntos agrupados.

Pronto concluimos que la técnica empleada era madura, consumada y de una estética muy evolucionada propia del más alto grado de civilización, aunque totalmente ajena en todos sus detalles a cualquier tradición artística del género humano. En cuanto a finura de ejecución, superaba la de todas las efigies que he visto jamás. Los detalles más pequeños de las complicadas plantas o de la vida animal estaban interpretados con sorprendente realismo a pesar de la gran escala de las tallas, y los dibujos decorativos eran verdaderas maravillas de impresionante complejidad. Los arabescos mostraban una expresa utilización de principios matemáticos y estaban formados por líneas curvas de simetría misteriosa y ángulos basados en el número cinco. Las franjas de arte representativo se ajustaban a una tradición muy formalista y revelaban una peculiar técnica de perspectiva, aunque poseían una fuerza que nos afectó hondamente a pesar del abismo de larguísimos períodos geológicos que nos separaba de ellas. El método de diseño se basaba en una singular amalgama de la sección transversal con la silueta bidimensional, revelando una psicología analítica superior a la de cualquier cultura conocida de la antigüedad. En vano trataría de comparar aquel arte con otro cualquiera ubicado en nuestros museos. Quienes vean las fotografías que obtuvimos es probable que encuentren la analogía más cercana a ellos en ciertos conceptos extravagantes de los futuristas más intrépidos.

La tracería de decoraciones consistía totalmente en líneas hundidas, cuya profundidad en los muros no erosionados era de entre tres y cinco centímetros. Cuando surgía algún medallón con grupos de puntos en él —ciertamente inscripciones en algún idioma y alfabetos primitivos desconocidos—, el rebajamiento de la superficie lisa sería tal vez de cuatro centímetros, y la de los puntos quizás un centímetro más. Las franjas de labrados eran de técnica de embutido, y el fondo estaba rebajado como cinco centímetros en relación con la superficie original del muro. En algunos casos se podían percibir ligeros rastros de color, pero los incontables eones transcurridos habían desintegrado y hecho desaparecer de forma casi uniforme cualquier tinte que sobre ellos se hubiera podido aplicar. Cuanto más analizábamos aquella maravillosa técnica, más nos embelesábamos con la obra. Bajo el riguroso convencionalismo se percibía la exacta y minuciosa observación y la habilidad pictórica de los artistas; y, de hecho, esas mismas convenciones servían para simbolizar y acentuar la verdadera esencia, o diferenciación vital de todos los objetos representados. Presentimos también que más allá de esas evidentes excelencias existían otras escondidas que escapaban a nuestra percepción. Algunos rasgos aquí y allá insinuaban ambiguamente símbolos y estímulos que una capacidad mental y emotiva incomparable, y un equipo sensorial más completo que el nuestro podía haber conferido de un significado más conmovedor y profundo.

Los temas de los bajorrelieves naturalmente pertenecían a la vida de la desaparecida época en que se hicieron y contenían una gran parte de su historia. Era este anómalo sentido histórico de aquella raza primigenia —ocurrencia casual que por una coincidencia obraba milagrosamente a nuestro favor— lo que hacía tan extraordinariamente informativos los bajorrelieves y lo que nos impulsó a anteponer las fotografías y la transcripción a cualquier otra consideración. En algunas de las cámaras trastornaba la disposición habitual la presencia de cartas astronómicas, mapas y otros dibujos a gran escala de naturaleza científica, todo lo cual vino a constituir una ingenua y terrible comprobación de lo que habíamos deducido de las franjas y frisos pictóricos. Al sugerir lo que todo aquello revelaba, únicamente me cabe esperar que mi relato no estimule una curiosidad superior a la sensata cautela en quienes lleguen a creerme. Sería una desventura que alguien se sintiera atraído por aquellos dominios de la muerte y el horror, tentado precisamente por mis avisos dirigida a desalentar de tal empresa.

En aquellos muros decorados se abrían ventanas elevadas y arcos de tres metros y medio de alto; unas y otras conservaban los tableros de piedra, profusamente tallados y pulidos, de postigos y hojas de puerta. Todos los accesorios metálicos que se habían esfumado mucho tiempo atrás, pero algunas de las puertas se mantenían cerradas y nos vimos obligados a abrirlas a la fuerza para transitar de una cámara a otra. Aquí y allá se conservaban, aunque no en considerable número, algunos marcos de ventana con entrepaños transparentes, elípticos la mayoría de ellos. También habían abundantes nichos de gran tamaño, generalmente vacíos, aunque a veces alguno contenía un extraño objeto tallado en esteatita verde, que, o estaba roto, o se consideró de valor escaso para justificar su traslado. Había otras aberturas indudablemente relacionadas con desaparecidas herramientas mecánicas —de calefacción, iluminación y cosas del tipo que sugerían muchos de los labrados. Los techos tendían a la sencillez, pero algunas veces estaban adornados con incrustaciones de esteatita verde o con azulejos de varias clases, casi todos ellos desaparecidos. Los suelos estaban, en ciertas ocasiones, igualmente cubiertos de azulejos, pero predominaban los suelos enlosados.

Como he dicho anteriormente, no se veían muebles ni utensilios, pero los labrados daban clara idea de los extraños objetos que habían visto aquellas moradas semejantes a panteones llenos de sonoros ecos. A niveles superiores al de la capa de hielo, los suelos aparecían por lo general cubiertos de ruinas y suciedad, pero más abajo unos y otra disminuían. En algunos de los corredores y habitaciones más bajas apenas había sino polvo arenoso o añejas incrustaciones, mientras que en otras habitaciones se advertía una misteriosa limpieza como de lugar recién barrido. Evidentemente, en donde había habido derrumbamiento, las habitaciones bajas estaban tan colmadas de escombros como las de arriba. Un patio central —como en otras construcciones que habíamos visto desde lo alto— libraba a las estancias interiores de la total penumbra por lo que rara vez tuvimos que utilizar las linternas eléctricas en las cámaras de arriba, excepto para estudiar los detalles esculpidos. Pero bajo la capa de hielo aumentaba la oscuridad; y en muchos lugares de la laberíntica planta baja, la oscuridad casi llegaba a ser absoluta.

Para formarse aunque no sea más que una idea elemental de lo que fueron nuestros pensamientos y sensaciones a medida que penetrábamos en aquel laberinto de silencio milenario y de mampostería extraña a la humanidad, sería menester correlacionar un caos terriblemente enmarañado de huidizos estados de ánimo, recuerdos e impresiones. La misma enorme antigüedad y la mortal soledad del lugar bastaban para abrumar casi a cualquier persona sensible, pero además de estos elementos narraban el reciente e inexplicado terror del campamento y las revelaciones que pronto habíamos de encontrar en las horripilantes imágenes esculpidas que nos rodeaban. En el momento en que nos encontramos ante un fragmento de bajorrelieve en perfecto estado, con iconografías tan claras que no permitían las interpretaciones equivocadas, no tuvimos más que estudiarlo brevemente para descubrir la oscura verdad —una verdad que sería ingenuo pretender que Danforth y yo, cada uno por su cuenta, no habíamos desconfiado con antelación, aunque nos hubiéramos abstenido incluso de insinuárnosla mutuamente. Ya no había duda alguna acerca de la naturaleza de los seres que habían construido esta monstruosa ciudad muerta y que habían vivido en ella hacía millones de años, cuando los antepasados del hombre eran mamíferos arcaicos y primitivos y cuando los abrumadores dinosaurios vagaban por las tropicales estepas de Europa y de Asia.

Hasta entonces nos habíamos aferrado a una desesperada posibilidad y habíamos insistido —cada uno en su dominio interno— en que la omnipresencia del tema de las cinco puntas solo significaba algún tipo de arrebato cultural o religioso de un objeto natural arcaico que encarnaba claramente dicha forma, igual que los motivos ornamentales de la Creta minoica exaltaban el toro sagrado, los de Egipto el escarabajo, los de Roma el lobo y el águila, y las diversas tribus salvajes un animal totémico. Pero este único albergue nos fue arrebatado ahora obligándonos a enfrentarnos inevitablemente con una realidad peligrosa para la razón y que sin duda el lector de estas páginas hace ya tiempo que ha adivinado. Apenas puedo aguantar la idea de escribirlo ni siquiera ahora, pero tal vez no sea necesario.

Lo que se crió y habitó dentro de aquellos asombrosos edificios en la era de los dinosaurios no fueron, desde luego, dinosaurios, sino algo mucho peor. Estos eran seres nuevos y casi desprovistos de cerebro, pero los constructores de la ciudad eran viejos y sabios y habían dejado ciertas pistas en las piedras que, incluso entonces, llevaban colocadas casi mil millones de años, piedras puestas antes que la vida —tal como hoy la conocemos— hubiera pasado de ser más que un dúctil grupo de células, piedras colocadas antes que hubiera existido en la Tierra vida auténtica. Ellos fueron sin lugar a dudas los que crearon y esclavizaron esa vida y los modelos en que se fundaban los pérfidos mitos primigenios que se insinúan con temor en los Manuscritos Pnakóticos y en el Necronomicón. Eran los Primordiales que habían bajado de las estrellas cuando la Tierra era nueva —los seres cuya sustancia había modelado una extraña evolución y cuyos poderes eran mayores de los que jamás habían existido en este planeta—. ¡Pensar que simplemente ayer Danforth y yo habíamos observado trozos de sustancia fosilizada hacía millares de años y que el desdichado Lake y sus compañeros habían visto su figura completa...! Naturalmente, me es imposible relatar en el orden debido las etapas en que recopilamos lo que hoy sabemos acerca de aquel brutal capítulo de la vida pre-humana. Después de la primera impresión producida por la certeza de las revelaciones tuvimos que demorarnos algún tiempo para recuperarnos, y eran más de las tres cuando comenzamos nuestro verdadero recorrido de investigación sistemática. Las esculturas del edificio en que accedimos eran de una época relativamente menos remota —quizá de hace dos millones de años— según los indicios geológicos, astronómicos y biológicos, y tenían un estilo que pudiera llamarse decadente al compararlo con el de las muestras que encontramos en otros edificios después de cruzar puentes bajo la capa de hielo. Una de las edificaciones, tallada toda en la roca viva, parecía remontarse a una antigüedad de cuarenta o quizá cincuenta millones de años —al Eoceno inferior o Cretáceo superior— y tenía bajorrelieves de un arte superior a todo lo que hasta entonces habíamos encontrado, con una excepción tremenda. Aquella fue, según hemos acordado posteriormente, la vivienda más antigua que atravesamos.

De no ser por la evidencia de las fotografías sacadas con la ayuda de flash y que se publicarán en breve, me inhibiría de decir lo que encontré y deduje, para que no me encerraran por lunático. Claramente, las partes infinitamente primitivas de este relato compuesto de muchos pedazos, las que atañen a la vida pre-terrestre de los seres de cabeza estrellada en otros planetas, en otras galaxias y en otros universos, pueden interpretarse simplemente como la mitología fantástica de esos mismos seres, pero esas partes se acercan en ocasiones de manera tan asombrosa a los más modernos descubrimientos de la ciencia matemática y de la astrofísica que apenas sé qué pensar. Que juzguen otros cuando observen las fotografías que he de publicar.

Naturalmente, ninguno de los bajorrelieves que encontramos contaba más que una porción de un relato continuo, ni nosotros descubrimos las distintas etapas de la narración ordenadamente. Algunas de las vastas estancias constituían unidades independientes en cuanto a las esculturas que contenían, mientras que en otros casos una misma historia se continuaba a través de una serie de pasillos y habitaciones. Los mejores mapas y diagramas estaban en los muros de un espantoso abismo que quedaba por debajo del antiguo nivel del suelo, una cueva de setenta metros cuadrados aproximadamente y una altura de unos dieciocho metros, y que fue casi con seguridad un centro de enseñanza de algún tipo. Había muchas alentadoras repeticiones del mismo material en diferentes cámaras y edificios, pues ciertos momentos y ciertos resúmenes o fases de su historia racial habían sido, claramente, los preferidos de los distintos decoradores y moradores de aquellos edificios. En ocasiones, sin embargo, las diversas variedades de un mismo tema nos fueron de gran utilidad para aclarar algunos puntos discutibles y para rellenar algunas lagunas.

Todavía me sorprende que pudiéramos inferir tanto en el poco tiempo que tuvimos. Evidentemente, aun hoy solamente poseemos un boceto de la historia, y la mayoría de él lo obtuvimos después a través del estudio de los dibujos y de las fotografías que hicimos. Posiblemente sea el efecto de ese estudio posterior, de la revisión de los recuerdos y de las conservadas impresiones difusas, actuando en conjunción con su sensibilidad general y con aquel presunto terror superior que creyó haber visto y cuya esencia no quiere revelar ni a mí, lo que ha provocado el desmoronamiento mental de Danforth. Pero era ineludible, pues no podíamos hacer la menor advertencia sin dar la información más completa posible, y su publicación era una necesidad fundamental. Ciertas influencias que aún persisten en aquel misterioso mundo antártico de tiempo desordenado y leyes naturales desconocidas, hacen totalmente necesario que se desanime toda exploración futura.

VII

La totalidad del relato, en la medida en que hayamos podido traducirlo, se publicará en un boletín oficial de la Universidad Miskatónica. Aquí solo apuntaré los puntos destacados de manera desordenada. Míticos o no, los bajorrelieves cuentan la llegada a la Tierra joven y sin vida de esos seres con cabeza en forma de estrella venidos desde el espacio exterior; su llegada y la de muchos otros entes extraños a la Tierra que en ocasiones emprenden exploraciones cósmicas. Al parecer podían surcar el vacío interestelar con sus grandes alas membranosas —lo que corrobora de cierta manera algunas leyendas populares montañesas que me contó hace mucho tiempo un colega especializado en saberes antiguos—. Habían vivido largo tiempo bajo las aguas del mar, edificando en su fondo ciudades asombrosas y sosteniendo terribles combates con adversarios anónimos empleando misteriosos aparatos activados por energías desconocidas. Claramente sus conocimientos científicos y mecánicos superaban de sobra los del hombre actual, aunque utilizaban sus formas más amplias y complicadas solamente en casos muy especiales. Algunos de los bajorrelieves daban la idea de que habían pasado en otros planetas por una etapa de vida mecanizada, pero al encontrar sus efectos nada satisfactorios emotivamente, la habían rechazado. Su dureza orgánica —poco natural para nosotros— y la sencillez de sus necesidades los hacía muy capaces de adaptarse a una vida superior sin necesidad de complicados frutos de manufactura artificial, y aun sin ropas, excepto para protegerse a veces contra los elementos.

Fue bajo las aguas del mar donde al comienzo, para alimentarse y luego por otros motivos, crearon la vida terrestre, utilizando sustancias que tenían a su alcance según métodos conocidos desde su antigüedad. La experimentación más complicada vino después del exterminio de varios enemigos cósmicos. Habían obrado igual en otros planetas no solo después de fabricar los alimentos necesarios, sino también algunas masas protoplásmicas multicelulares capaces de formar con sus tejidos toda clase temporal de órganos bajo influencia hipnótica, convirtiéndose así en los esclavos ideales para ejecutar el trabajo pesado de la comunidad. Estas masas viscosas eran indudablemente aquellas a las que Abdul Alhazred se había referido tímidamente con el nombre de «shogoths» en su aterrador *Necronomicón*, aunque ni siquiera aquel árabe loco había insinuado que existieran algunos en la Tierra, salvo en los sueños de quienes hubieran masticado ciertas hierbas alcaloides. Cuando los Primordiales de este planeta hubieron sintetizado sus sencillos alimentos y creado un número conveniente de shogoths, permitieron que se desarrollaran otros grupos celulares para que formaran así otras clases de vida vegetal y animal con diversos fines, eliminando aquellas cuya presencia llegó a importunarles.

Con la ayuda de los shogoths, cuyas extremidades podían levantar pesos prodigiosos, las pequeñas ciudades submarinas crecieron hasta convertirse en imponentes laberintos de piedra no muy diferentes de los que luego se erigirían en tierra. De hecho, los Primordiales, adaptables en extremo, habían vivido durante largo tiempo en la superficie en otras partes del universo y posiblemente conservaban muchas de las tradiciones de la edificación terrestre. Mientras analizábamos la arquitectura de estas ciudades míticas esculpidas en relieves, incluso aquella cuyos pasadizos muertos hace eones recorríamos ahora, nos impresionó una curiosidad que todavía no hemos tratado de explicarnos ni a nosotros mismos. Los remates de los edificios, que en la ciudad real que nos cercaba habían sufrido en lejanas eras las inclemencias del tiempo hasta quedar convertidos en ruinas amorfas, aparecían claramente representados en los labrados formando racimos de agudos capiteles, de delicados pináculos que acababan en forma cónica o piramidal, y ringleras de finos discos en forma de cenefas horizontales que coronaban respiraderos verticales. Esto era exactamente lo que habíamos visto en aquel espejismo descomunal y portentoso, proyectado por una ciudad difunta carente de tales siluetas desde hacía millares y decenas de millares de años y que asombró nuestros ojos ignorantes al surgir en las alturas contra el fondo inescrutable de las montañas cuando nos aproximábamos por primera vez al campamento devastado del desgraciado Lake.

Muchos volúmenes se podrían escribir acerca de la vida de los Primordiales en el fondo del mar y de la que luego llevarían los que emigraron a tierra. Aquellos que vivieron en aguas profundas habían mantenido por completo el sentido de la vista que tenían localizada en los extremos de sus cinco tentáculos cefálicos, y habían ejercido el arte de la escultura y la escritura en la forma habitual, utilizando para escribir un estilete en superficies enceradas impermeables. Los que moraban a mayores profundidades marinas, aunque utilizaban un curioso organismo fosforescente para alumbrarse, reemplazaban la vista con misteriosos sentidos especiales que requerían el uso de los cilios prismáticos de la cabeza —sentidos que permitían a los Primordiales prescindir en parte de la luz en caso de apuro—. Sus formas de escultura y escritura cambiaron cuando bajaron a las profundidades y adoptaron ciertos métodos de revestimiento al parecer químicos —quizá para conseguir fosforescencia— que los labrados no explicaban con claridad. Estas criaturas se movían dentro del mar en parte nadando, utilizando los brazos crinoideos laterales, y en parte arrastrándose impulsados por la fila inferior de tentáculos que alojaban las falsas patas. Algunas veces volaban considerables distancias utilizando sus dos o cuatro alas plegables en forma de abanico. En tierra empleaban regularmente las casi patas, pero algunas veces realizaban vuelos a gran altura y recorrían largas distancias con las alas. Los copiosos y finos tentáculos en que se dividían los brazos crinoideos eran de coordinación muscular y nerviosa infinitamente delicada, flexibles y fuertes, dándoles una enorme habilidad para ejecutar toda clase de labores artísticas y manuales de otra índole.

La resistencia y dureza de aquellas criaturas era asombrosa. Ni siquiera las enormes presiones de las mayores profundidades marinas parecían capaces de dañarlas. Se diría que eran pocas las que morían, excepto por resultado de la violencia, y sus lugares de enterramiento eran escasos. El hecho de que sepultaran a sus muertos verticalmente cubriéndolos con túmulos en forma de cinco puntas, nos indicó a Danforth y a mí pensamientos que hizo obligatoria una nueva pausa para recuperarnos cuando los bajorrelieves nos lo revelaran. Aquellos seres se reproducían por medio de esporas —como plantas pteridofitas, que es lo que supuso Lake—, pero como resultado de su extraordinaria resistencia y longevidad, no requerían reproducirse en exceso de forma que no fomentaban el desarrollo en gran escala de nuevos gametos excepto cuando iban a colonizar nuevas regiones. Los jóvenes maduraban con rapidez y recibían una enseñanza ciertamente muy superior a la que podemos imaginar. Su vida intelectual y estética estaba muy desarrollada y daba vida a un conjunto extremadamente profundo de instituciones y costumbres que describiré con más detalle en el ensayo que estoy preparando. Las unas y las otras variaban ligeramente según el lugar de residencia fuera marino o terrestre, pero los fundamentos eran esencialmente iguales.

Aunque por ser vegetales podían alimentarse de sustancias inorgánicas, preferían los alimentos orgánicos, y fundamentalmente los de origen animal. Comían crudos los alimentos de origen marino, pero cocinaban los conseguidos en tierra. Cazaban y criaban ganado de carne, al que sacrificaban empleando utensilios muy afilados cuyas señales en ciertos huesos fósiles habían observado los miembros de nuestra expedición. Soportaban todas las temperaturas ambientales magníficamente, y en su estado natural podían vivir en aguas a temperaturas próximas a los cero grados centígrados. Sin embargo, cuando se intensificaron los fríos del plioceno hace casi un millón de años, los que habitaban en tierra tuvieron que recurrir a medidas especiales, entre ellas la calefacción artificial, hasta que el frío mortal les obligó, por lo visto, a volver al mar. Para realizar sus vuelos prehistóricos a través del espacio cósmico, según la leyenda, absorbían ciertos componentes químicos que casi los independizaba de la alimentación, la respiración, el frío y el calor, pero cuando llegó la gran era glacial ya se había perdido el método. En cualquier lugar, no hubieran podido prolongar indefinidamente ese estado artificial sin causarse un daño irreparable.

Al no emparejarse y tener una estructura cuasi vegetal, los Primordiales carecían de base biológica para la fase familiar de la vida de los mamíferos, pero parece que varios de ellos compartían viviendas basándose en el ideal de aprovechamiento del espacio, y, según pudimos deducir de las ocupaciones y entretenimientos de los compañeros de vivienda representados en los labrados, en la placentera asociación mental. Al amueblar las viviendas, conservaban todo en el centro de la inmensa estancia y dejaban los espacios murales para la decoración. La iluminación, en el caso de los que moraban en tierra, la conseguían mediante un procedimiento electroquímico probablemente. Tanto en tierra como bajo el agua, usaban curiosas mesas, sillas y divanes como bastidores cilíndricos, pues reposaban y dormían erguidos con los tentáculos fruncidos, y estanterías para los conjuntos de superficies punteadas que formaban sus libros.

El gobierno era, naturalmente, complejo y quizá de tipo socialista, aunque nada podía deducirse con certeza acerca de esto de los bajorrelieves que vimos. Era grande el movimiento comercial, tanto el local como entre diferentes ciudades, empleándose como dinero pequeñas fichas grabadas de cinco puntas. Probablemente los trozos de esteatita verdosa más pequeños hallados por nuestra expedición correspondieran a esa clase de monedas. Aunque la cultura era fundamentalmente urbana, existía algo de agricultura y gran actividad ganadera. También se dedicaban a la minería y existían algunas actividades de fabricación. Viajaban mucho, pero la emigración permanente no parecía ser muy frecuente, si se excluyen los grandes movimientos colonizadores mediante los cuales se extendía la raza. No utilizaban ayuda externa alguna para la locomoción personal, pues los Primordiales, tanto en la tierra como en el aire y en el agua, parecían poseer capacidad de moverse a enorme velocidad. Las cargas las arrastraban bestias de tiro: los shogoths bajo el agua y una curiosa variedad de vertebrados primitivos en los años posteriores de existencia terrestre.

Estos vertebrados, así como otras incontables formas de vida —animal y vegetal, marina, terrestre y aérea—, eran fruto de una evolución no dirigida de células vivas creadas por los Primordiales, pero cuyo desarrollo permanecía fuera del radio de su atención. Se les había permitido desarrollarse libremente porque no habían provocado conflictos a los seres dominantes. Las formas evolucionadas que resultaban inconvenientes se destruían sin remordimiento. Nos llamó la atención ver en algunas de las últimas esculturas más decadentes a un mamífero primitivo de torpe andar empleado unas veces como alimento y otras como jocoso bufón por parte de los habitantes terrestres, mamífero cuyo carácter de predecesor de simios y seres humanos era irrefutable. Para edificar las ciudades terrestres, las inmensas piedras de las altas torres las subían habitualmente pterodáctilos de grandes alas, de una especie desconocida hasta ahora por la paleontología.

La supervivencia de los Primordiales a través de los diversos cambios y convulsiones geológicas de la corteza terrestre fue casi prodigiosa. Aunque pocas de sus ciudades primeras (tal vez ninguna) sobrevivieron a la Era Arcaica, no existió entorpecimiento alguno de su civilización o en la transmisión de sus crónicas. El lugar original de su llegada al planeta fue el Océano Antártico, y es posible que llegaran no mucho después que la materia de que se formó la Luna se desprendiera del cercano Pacífico Sur. Según uno de los mapas esculpidos, todo el planeta estaba entonces sumergido bajo el agua, y las ciudades de piedra fueron propagándose más y más, alejándose del Antártico según pasaban el tiempo. Otro mapa mostraba una gran masa de tierra firme en torno al Polo Sur, en donde es evidente que algunos de estos seres trataron de instituir colonias experimentales, aunque los centros principales los transportaron al fondo del mar más cercano. Mapas posteriores mostraban la gran masa de tierra como agrietada y a la deriva, con algunas de las partes separadas desligándose hacia el Norte, sustentando de manera notable las teorías de los movimientos tectónicos expuestas recientemente por Taylor, Wegener y Joly.

Con la aparición de nuevas tierras en el Pacífico Sur, se iniciaron tremendos acontecimientos. Algunas de las ciudades submarinas quedaron destruidas, y no fue esta la mayor desgracia. Otra raza, una raza terrestre con forma de pulpo y quizás correspondiente a fabulosos seres pre-humanos engendrados por Cthulhu, comenzó a llegar desde el cosmos infinito e inició una guerra salvaje que obligó de nuevo a los Primordiales a refugiarse transitoriamente en las profundidades del mar —golpe tremendo para ellos en vista de sus crecientes colonias construidas en la superficie—. Se concertó la paz más tarde, y las nuevas tierras se cedieron a los descendientes de Cthulhu, mientras que el mar y las tierras más antiguas se mantenían bajo el dominio de los Primordiales. Se implantaron nuevas ciudades terrestres, las mayores de ellas en la Antártida, pues esta región de la primera llegada era sagrada. En lo sucesivo, como había ocurrido anteriormente, la Antártida continuó siendo el centro de la civilización de los Primordiales, de forma que los descendientes, de Cthulhu desaparecieron de sus vidas. Pero después, las tierras del Pacífico se hundieron nuevamente, llevándose consigo a la terrorífica ciudad de piedra de R'lyeh y a todos los pulpos cósmicos, con lo que los Primordiales volvieron a ser amos del planeta si se exceptúa un vago temor del que no les gustaba hablar. En tiempos bastante posteriores sus ciudades se propagaron por todas las regiones terrestres y marinas del globo, de ahí la recomendación que haré en mi próximo ensayo de que algún arqueólogo realice perforaciones sistemáticas con el aparato de Pabodie, u otro similar, en ciertas regiones muy separadas entre sí.

La predisposición a lo largo del tiempo, fue la de pasar del mar a la tierra, movimiento incitado por el surgir de nuevas tierras, aunque no por eso dejaron desierto el mar en ningún momento. Otra causa de la emigración hacia la tierra fue los muchos problemas que surgieron para la cría y gobierno de los shogoths, de los cuales dependía el bienestar de la vida en el mar. Con el transcurrir del tiempo, y según confesaban con tristeza los labrados, el arte de crear nueva vida a base de materia inorgánica se fue olvidando, por lo que los Primordiales se vieron forzados a depender de la posibilidad de moldear seres ya existentes. En tierra, los grandes reptiles resultaban muy maleables, pero los shogoths marinos, que se reproducían por división celular partenogenética y estaban logrando un grado de inteligencia peligroso, representaron durante algún tiempo un formidable problema.

Siempre se los había gobernado a través de las sugestiones hipnóticas de los Primordiales que modelaban su dura plasticidad para formar miembros útiles y órganos transitorios, pero ahora ejercían a veces su habilidad automodeladora de manera independiente e imitando formas inculcadas inicialmente. Habían desarrollado, al parecer, un «cerebro» un poco estable, cuya capacidad de predisposición independiente y tenaz se hacía eco de la voluntad de los Primordiales, pero no siempre la cumplían. Las imágenes talladas de estos shogoths nos llenaron a Danforth y a mí de terror y repulsión. Eran, por lo general, entes informes compuestos de una gelatina viscosa que les daba el semblante de un gran conjunto de burbujas aglutinadas, de casi cinco metros de diámetro cuando asumían forma esférica. Pero su forma y volumen cambiaba continuamente y surgían de ellos excrecencias temporales o formaban órganos visuales, auditivos u orales imitando a sus amos, espontáneamente o por sugestión.

Parece que se tornaron especialmente insurrectos hacia mediados de la era pérmica, hace probablemente ciento cincuenta millones de años, cuando hubo una verdadera guerra entre ellos y los Primordiales del mar. Las escenas talladas de este conflicto y el estado de viscosidad en que los shogoths acostumbraban a dejar a sus víctimas después de decapitarlas poseían una terrible fuerza para amedrentar a pesar del abismo temporal que de ellas nos separaba. Los Primordiales emplearon extrañas armas de perturbación molecular y atómica contra los rebeldes y finalmente alcanzaron una victoria total. Las esculturas mostraban que hubo después un período en el que los shogoths fueron sometidos y dominados por los Primordiales armados, al igual que domaron los vaqueros a los caballos salvajes del Oeste norteamericano. Aunque durante la rebelión los shogoths habían probado ser capaces de vivir fuera del agua, no se alentó esta transformación, pues su utilidad en tierra no hubiera resultado proporcionada a las dificultades que ocasionaba su control.

En el Jurásico, los Primordiales padecieron nuevas adversidades, esta vez bajo otra invasión llegada del espacio exterior, una invasión de criaturas mitad fungosas y mitad crustáceos, sin lugar a dudas las mismas que aparecen en ciertas leyendas que se cuentan a medias voces en las montañas del Norte y que se conmemoran en el Himalaya con el nombre de Mi-Go, o abominable Hombre de las Nieves. Para luchar contra estos seres, los Primordiales intentaron, por vez primera desde su llegada a la Tierra, regresar al éter planetario; pero a pesar de realizar todos los preparativos tradicionales, vieron que salir de la atmósfera terrestre ya no les era posible. El secreto de los viajes interestelares había sido perdido para siempre. Finalmente, los Mi-Go expulsaron a los Primordiales de todas las tierras del Norte, aunque no pudieron atacar a los del mar. Poco a poco comenzó la torpe retirada de esta antiquísima raza a sus habitáculos originales de la Antártida.

Resulta curioso observar en las batallas representadas en los labrados, que tanto los descendientes de Cthulhu como los Mi-Go parecían estar constituidos por una sustancia notoriamente distinta de la que sabemos definía a los Primordiales. Podían transformarse tomando formas imposibles para sus adversarios, lo que hace suponer que llegaron de regiones todavía más remotas del espacio cósmico. Los Primordiales, excepto por su atípica dureza, y sus peculiares características vitales, eran severamente materiales y debieron de tener su origen absoluto dentro del conocido continuo de tiempo-espacio, en tanto que el origen de los otros seres solo puede ser objeto de sospechas expresadas en voz baja. Todo esto, claramente, suponiendo que las conexiones ultraterrestres y las anomalías achacadas a las fuerzas invasoras no fueran pura mitología. Es posible que los Primordiales concibieran un fondo cósmico para justificar sus ocasionales derrotas, dado que el interés por la historia y el orgullo eran sus primordiales características psicológicas. Es significativo que sus crónicas no mencionaran muchas razas avanzadas y poderosas de seres cuya insigne cultura y grandes ciudades figuran pertinazmente en ciertas leyendas oscuras.

El estado cambiante del mundo a lo largo de las extensas eras geológicas aparecía descrito con extraordinario realismo en muchos de los mapas y escenas de los labrados. En algunos casos habrá que revisar la ciencia actual, mientras que en otros sus audaces conjeturas quedan magníficamente ratificadas. Como he dicho, la hipótesis de Taylor, Wegener y Joly, según la cual todos los continentes son fragmentos de masa de tierra antártica original, que se resquebrajó bajo el efecto de la fuerza centrífuga y cuyos trozos se apartaron deslizándose sobre una superficie inferior técnicamente viscosa —hipótesis que sugieren, por ejemplo, los contornos complementarios de África y Sudamérica y la forma en que las grandes cordilleras aparecen como rodadas y empujadas hacia arriba—, encuentra notable apoyo en esta fuente misteriosa.

Algunos mapas relativos innegablemente al mundo en el periodo Carbonífero de hace cien millones de años, o aún más antiguos, mostraban significativos abismos y fallas que luego separarían a África de las tierras de Europa (la Valusia de la antigua leyenda), Asia, las Américas y el continente antártico. Otros mapas, especialmente uno relacionado con la fundación, hace cincuenta millones de años, de la vasta ciudad desierta que nos rodeaba, mostraban los actuales continentes bien diferenciados. Y en el más reciente que pudimos descubrir, tal vez del Plioceno, se veía con claridad el mundo casi tal como es en la actualidad, a pesar de la unión de Alaska con Siberia, de América del Norte con Europa a través de Groenlandia, y de América del Sur con el continente antártico por medio de la tierra de Graham. En el mapa del período Carbonífero, todo el planeta, tanto el fondo del océano como las separadas masas de tierra, mostraba símbolos de las vastas ciudades de piedra de los Primordiales, aunque en mapas posteriores se apreciaba claramente la paulatina retirada hacia la Antártida. El último mapa, el del Plioceno, no revelaba ninguna ciudad terrestre, excepto en el continente antártico y en el extremo de América del Sur, y tampoco ninguna ciudad marina más al norte del paralelo 50 de latitud sur. Es indudable que el conocimiento del mundo nórdico, y el interés por él, excluyendo un estudio del litoral realizado probablemente durante largos vuelos de exploración hechos con ayuda de aquellas alas membranosas, habían decaído, ciertamente, hasta quedar reducido a cero entre los Primordiales.

El derrumbamiento de ciudades por el levantamiento de las montañas, la rotura de los continentes por el efecto de la fuerza centrífuga, las sacudidas sísmicas del fondo del mar y de la tierra y otras causas naturales eran allí un relato histórico; y resultaba curioso observar cómo se dejaba de cambiarlas según pasaba el tiempo. La vasta megalópolis yerma que mostraba sus fauces en mil agujeros a nuestro alrededor parecía haber sido el último centro general de la raza, edificado al inicio de la Era Cretácea, después que la colosal elevación de la tierra arrasara una ciudad anterior de mayor tamaño y no muy distante. Parecía que este lugar era el más sagrado de todos, el sitio en que los primeros Primordiales habían creado su colonia en el fondo del océano. En la ciudad nueva —muchas de cuyas características pudimos observar representadas en los bajorrelieves, pero que se extendía durante doscientos kilómetros a lo largo de la cordillera en ambas direcciones, hasta más allá de los límites de nuestra exploración aérea— se suponía que se guardaban ciertas piedras sagradas de la primera ciudad del fondo del océano, la cual había surgido de entre las aguas y se había asomado a la superficie y a la luz después de incontables eones en el transcurso del desmoronamiento general de los estratos.

VIII

Lógicamente, Danforth y yo estudiamos con especial interés, y con una extraña sensación de estar amenazados constantemente, todo lo pertinente a la zona en que estábamos. Las muestras locales proliferaban como es lógico; y en la laberíntica parte baja de la ciudad tuvimos la dicha de hallar una casa de la última era cuyas paredes, aunque algo derruidas por un alud cercano, tenían bajorrelieves de ejecución grotesca que contaban la historia hasta un tiempo muy posterior al del mapa del plioceno y que nos proporcionó un último vistazo de aquel mundo antes del hombre. Fue aquella la última zona que inspeccionamos con minuciosidad, porque lo que allí hallamos nos ofreció inmediatamente un nuevo objetivo.

Estábamos sin duda en uno de los rincones más extraños y fantásticos del globo terrestre. De todas las tierras existentes aquella era incomparablemente la más antigua. Fue apoderándose de nosotros el convencimiento de que aquella horrible meseta tenía que ser la fabulosa altiplanicie de pesadilla de Leng, acerca de la cual ni siquiera el demente autor del *Necronomicón* quiso hablar. La gran cordillera era enormemente larga, pues comenzaba como cadena montañosa de poca altura en la Tierra de Luitpold, en la costa del mar de Weddell, y cruzaba casi todo el continente. La parte verdaderamente elevada formaba un gran arco desde 820 de latitud este y 600 de longitud, hasta 700 de latitud este y 1150 de longitud, con su parte cóncava vuelta hacia nuestro campamento y su extremo marino en la región de la larga costa cerrada por el hielo cuyas cimas divisaron Wilkes y Mawson en el círculo antártico.

Sin embargo, otras bestiales exageraciones de la naturaleza parecían estar alarmantemente próximas. He dicho que estas cimas tenían mayor elevación que las del Himalaya, pero los frisos esculpidos me imposibilitan afirmar que son las más altas de la Tierra. Ese sombrío honor le está reservado sin duda a algo que la mitad de las tallas parecían no querer mostrar, mientras que otras lo hacían con muy claro asco y temor. Había, al parecer, una porción de aquellas antiguas tierras —las que primeramente brotaron de las aguas después que la Tierra se separara de la Luna y que los Primordiales se filtraran a través del espacio desde las estrellas— que se llegó a evitar por su carácter indeciblemente maldito. Las ciudades edificadas en ella se habían derruido prematuramente, viéndose súbitamente abandonadas. Vino luego el primer gran arqueamiento de la tierra que hizo trepidar convulsivamente aquella región en la era comanchiense; una tremenda fila de cumbres había surgido repentinamente en medio del más aterrador estruendo y caos, y fue entonces cuando la Tierra vio nacer las montañas más espantosas y elevadas.

Si la escala de los bajorrelieves era exacta, aquellas grotescas cimas tuvieron que alzarse hasta una altura superior a los doce mil metros; eran enormemente más altas que las montañas de la locura que habíamos cruzado. Al parecer ocupaban aproximadamente desde los 77° de latitud este y 70° de longitud, hasta los 70° de latitud este y 1000 de longitud a menos de cuatrocientos kilómetros de la ciudad desierta, por lo que hubiéramos divisado sus tremendas cumbres en el horizonte occidental de no haber sido por aquella tenue neblina opalescente. Su extremo norte hubiera resultado visible igualmente desde el gran círculo que traza la costa antártica en la Tierra de la Reina María.

Algunos de los Primordiales, en los tiempos del declive, habían dedicado extrañas preces a aquellas montañas, pero ninguno se acercó a ellas ni osó suponer qué habría al otro lado. Ningún mortal las había observado jamás, y cuando estudié las emociones representadas en las tallas rogué que nadie llegara a observarlas. Existen montañas que las protegen a lo largo de la costa que queda más allá —la Tierra de la Reina María y la del Kaiser Guillermo— y doy gracias al cielo de que nadie haya podido desembarcar en ellas o escalarlas. No tengo el mismo escepticismo de antes acerca de arcaicas leyendas y temores primitivos y hoy no me río de la idea del escultor pre-humano según la cual los rayos se detenían significativamente de tarde en tarde en cada uno de los sombrías cúspides y un fulgor inexplicable se esparcía desde una de las tremendas cumbres a través de la larga noche polar. Es probable que tengan un significado muy verdadero y monstruoso las leyendas pnakóticas contadas en voz baja acerca de Kadath y del Páramo Helado.

El terreno de los alrededores no causaba menos espanto, aunque al carecer de nombre fuera menos maldito. Poco después del establecimiento de la ciudad se alzaron en la gran cordillera los principales templos, y muchos bajorrelieves mostraban los extraños y fantásticos pináculos que punzaron el cielo en donde ahora solamente veíamos los grotescos cubos y fortalezas adheridos a la roca. Con el tiempo aparecieron las cuevas que se adaptaron como anexos de los templos. Con el pasar de épocas aún posteriores, todas las vetas de piedra caliza fueron perforadas por corrientes subterráneas, con lo que montañas, cerros y llanuras inferiores quedaron convertidos en una verdadera red de cuevas y galerías comunicadas entre sí. Muchas de las tallas narraban la gran cantidad de exploraciones de aquellas profundidades y el descubrimiento posterior del tenebroso mar estigio que se escondía en las profundidades de la Tierra.

Este interminable abismo sin luz lo había socavado sin dudas el gran río que bajaba desde las pavorosas montañas sin nombre que se alzaban al Oeste y que antes cambiara de curso al pie de la cordillera de los Primordiales para continuar paralelamente a la sierra y desembocar posteriormente en el océano Índico entre la Tierra de Budd y la de Totten, en la costa de Wilkes. Poco a poco había ido carcomiendo la base de piedra caliza de la montaña al cambiar su curso, hasta que su corriente roedora llegó hasta las grutas de las aguas inferiores y se unió a ellas para crear un abismo todavía más profundo. Finalmente vertió su gran caudal en la abertura de las montañas dejando seco el antiguo cauce que le había llevado hasta el mar. Gran parte de la ciudad, tal como nosotros la descubrimos, se edificó sobre aquel cauce primitivo. Los Primordiales comprendieron lo que había ocurrido, y, dando rienda suelta a su sentido artístico, agudo siempre, habían convertido los naturales pilones de la entrada del río en grandes columnas de adornada talla al pie de las alturas en donde el caudaloso río comenzaba su descenso hacia la perpetua oscuridad.

Este río, en un tiempo cruzado por docenas de nobles puentes de piedra, era evidentemente aquel cuyo seco cauce habíamos visto en el curso de nuestra investigación aérea. Su situación en los diversos bajorrelieves nos ayudó a orientarnos para imaginar la ciudad tal como había existido en las diversas etapas de la historia de aquella región milenaria desierta durante muchos eones, con lo que pudimos trazar un rápido pero minucioso plano de sus puntos más destacados —plazas, edificios principales y cosas similares— que nos sirviera para guiamos en exploraciones ulteriores. Pronto pudimos reconstruir imaginariamente la totalidad del maravilloso conjunto tal como existió hacía un millón, o diez millones, o cincuenta millones de años, pues las tallas nos decían qué aspecto habían tenido exactamente las edificaciones, las montañas y las plazas, los suburbios y los paisajes, así como la fértil vegetación de la Era Terciaria. Aquellos paisajes debieron ser de belleza mística y embrujadora, y mientras ponderaba en ello casi llegué a olvidar la sensación de misteriosa tristeza con que la antigüedad y el volumen, la ausencia de vida y la lejanía del lugar, unidos a la constante oscuridad glacial, habían ahogado y perturbado mi espíritu. Pero a juzgar por ciertas tallas, los mismos moradores de aquella ciudad habían experimentado un terror insoportable, pues mostraban los labrados un tipo de escenas repetidas y sombrías en las que se veía a los Primordiales en el momento de apartarse medrosamente de algún objeto —que nunca aparecía en la estampa esculpida— hallado en el gran río y que había llegado arrastrado por las aguas a través de serpentinos bosques poblados de plantas trepadoras desde las espantosas montañas que se alzaban al Oeste.

Solamente en la casa de construcción menos arcaica y que contenía las tallas más decadentes conseguimos percibir remotamente la calamidad que llevó al abandono de la ciudad. Sin duda, debió de haber muchas tallas de la misma época en algún otro lugar, aun teniendo en cuenta la disminución de energías y aspiraciones propias de un período de incertidumbre y tensión, y, de hecho, poco después tuvimos pruebas seguras de su existencia. Pero aquel fue el primer y único conjunto que encontramos directamente. Pensábamos proseguir nuestra investigación más tarde, pero, como ya he dicho, las condiciones inmediatas dictaron que, por el momento, buscáramos otro objetivo. En cualquier caso, debían haber tenido un límite, pues cuando se apagó entre los Primordiales toda esperanza de habitar la ciudad durante mucho tiempo, hubieron de cesar por completo las labores de decoración mural. El golpe final fue, lógicamente, la llegada del extremado frío que en un tiempo se adueñó de la mayor parte de la Tierra y que nunca ha dejado los desventurados polos, el gran frío que en el otro extremo del mundo aniquiló a las fabulosas tierras de Lomar y de los hiperbóreos.

Sería difícil precisar cuándo comenzó dicha propensión en la Antártida. Hoy consideramos que el inicio de las eras glaciales tuvo lugar hace unos quinientos mil años, pero el terrible azote debió iniciarse mucho antes. Todos los cálculos son, en su mayoría, solo conjeturas, pero es muy probable que las tallas decadentes se labraran hace bastante menos de un millón de años y que la total deserción de la ciudad ocurriera mucho antes de la fecha aceptada como comienzo del pleistoceno, según un cálculo global para toda la superficie terrestre, es decir, hace unos quinientos mil años.

En las tallas decadentes se advertían evidencias de una vegetación menos abundante y de una menor vida campestre por parte de los Primordiales. Se veían herramientas de calefacción en las casas y se revelaba a los viajeros desplazándose en invierno envueltos en abrigos. En esas tallas tardías, la franja continua de adornos estaba frecuentemente interrumpida; vimos una serie de medallones que representaba un éxodo en constante aumento hacia refugios más cálidos y cercanos, escapando unos a ciudades submarinas edificadas en las proximidades de lejanas costas y otros bajando a través de un laberinto de grutas de los estratos de piedra caliza de las montañas hasta el contiguo abismo negro de aguas subterráneas.

Finalmente, parece que fue este abismo el que quedó más habitado. Esto se debió, quizás, al carácter tradicionalmente sagrado de aquella región, pero tal vez lo que influyó más decisivamente fue la posibilidad que ofrecía de seguir usando los grandes templos de las montañas, atravesadas por innumerables pasadizos y cavidades, y de conservar la enorme ciudad terrestre como lugar de residencia de verano y base de comunicación con diversas minas. El enlace entre los antiguos y los nuevos lugares de morada se mejoró modificando la inclinación de las pendientes, ampliando caminos en las rutas de unión, y también mediante la apertura de gran cantidad de túneles que llevaban desde la antigua metrópolis al oscuro abismo, túneles que descendían en picado y cuyas bocas dibujamos con detalle y con gran esmero en el plano que íbamos trazando. Era indudable que por lo menos dos de estos túneles estaban a distancia razonable del lugar en que nos hallábamos, pues los dos se abrían en el borde de la ciudad más próximo a las montañas, uno a menos de medio kilómetro del antiguo cauce del río y el otro tal vez al doble de esa distancia en la dirección opuesta.

Parece que el abismo tenía márgenes con taludes de tierra que quedaban por encima del nivel del agua en ciertos lugares, pero los Primordiales edificaron su nueva ciudad debajo del agua, indudablemente por ser un lugar más protegido y que ofrecía una regularidad térmica superior. La profundidad del mar oculto debía ser muy grande, con lo que el calor interior de la Tierra aseguraría su habitabilidad durante un período de tiempo indefinido. Aquellos seres no parecían tener mucha dificultad para amoldarse a la vida submarina, pues nunca habían permitido que se deformaran sus agallas. Muchos bajorrelieves mostraban que siempre habían visitado con frecuencia a sus parientes submarinos de otros lugares, y cómo se bañaban asiduamente en las profundidades del lecho del gran río. La oscuridad del interior de la Tierra tampoco podía ser un inconveniente para una raza acostumbrada a la larga noche antártica.

Aunque su estilo era de total decadencia, estas últimas tallas alcanzaban un nivel realmente épico cuando narraban la edificación de la nueva ciudad en aquel mar escondido. Los Primordiales habían comenzado la tarea científicamente, abriendo canteras de piedra insoluble en el corazón de las montañas perforado por incontables túneles y trayendo obreros experimentados de la ciudad submarina más cercana para que realizaran las obras de construcción según las mejores técnicas. Estos obreros trajeron consigo todo lo necesario para que prosperara la nueva empresa: tejido de shogoth para crear los seres que se destinarían a levantar las piedras pesadas y que servirían después de bestias de carga en la ciudad y otras sustancias protoplásmicas con las que modelar organismos fosforescentes destinados a la iluminación.

Finalmente, en el fondo de aquel mar oscuro se alzó una gran metrópolis de arquitectura muy semejante a la de la ciudad exterior, y de construcción que demostraba poca decadencia relativamente, debido a los principios matemáticos inherentes a las operaciones de construcción. Los nuevos shogoths llegaron a ser de un tamaño enorme y a desarrollar singular inteligencia; los labrados los mostraban ejecutando órdenes con maravillosa prontitud. Parecían capacitados para conversar con los Primordiales imitando las voces de estos —una especie de silbidos musicales que englobaban una amplia escala de tonos, si es que el desafortunado Lake no se equivocó al hacer su disección— y atender más bien a las órdenes orales que a las sugestiones hipnóticas, menos utilizadas que en los primeros tiempos. Los mantenían, sin embargo, brillantemente controlados. Los organismos fosforescentes daban luz con magnífico rendimiento, y compensaban, indudablemente, la pérdida de las acostumbradas auroras australes de la noche del mundo exterior.

Practicaron el arte y la decoración, aunque naturalmente con cierto retroceso. Los mismos Primordiales debieron darse cuenta de esta decadencia de su arte y en muchos casos se adelantaron a la política de Constantino el Grande, trasladando tallas característicamente delicadas de la ciudad terrestre, del mismo modo que el Emperador, en parecida época de declive, despojó a Grecia y Asia de sus mejores obras de arte para dar a su nueva capital bizantina mayores esplendores que los que su pueblo era capaz de crear. Si el traslado de bloques de piedra esculpidos no fue más copioso, la causa fue, indudablemente, que la ciudad terrestre no se abandonara totalmente en un principio. Para cuando esta fue abandonada, cosa que ocurrió probablemente antes de que el pleistoceno alcanzara de lleno a los Polos, es posible que los Primordiales ya hallaran de su gusto aquel arte decadente o que hubieran dejado de reconocer la supremacía de las tallas más antiguas. En cualquier caso, era innegable que las ruinas que nos rodeaban, inmersas en una mudez milenaria, no habían sufrido una expoliación escultórica en gran escala, aunque las mejores obras, al igual que otros objetos muebles, sí se habían reubicado.

Los medallones y el friso de estilo decadente que contaban lo ocurrido, fueron, como he dicho, los más recientes que encontramos en nuestra corta exploración. Mostraba a los Primordiales trasladándose a la ciudad terrestre en el verano y a la ciudad marina en el invierno, y, a veces, comerciando con las ciudades del fondo del mar cercanas a la costa antártica. Para entonces ya debían aceptar que la ciudad terrestre estaba condenada, pues las tallas mostraban multitud de indicios del maligno avance del frío. Iba desapareciendo la vegetación y las terribles nieves de invierno ya no se derretían totalmente ni siquiera en la plenitud del verano. Había perecido casi todo el ganado saurio y los mamíferos no aguantaban muy bien el frío. Para hacer el trabajo del mundo superior había resultado ineludible adaptar a la vida en tierra a algunos de los amorfos shogoths, de curiosa resistencia al frío, cosa que los Primordiales no habían querido hacer hasta entonces. El gran río carecía de vida animal, y el mar superior había perdido casi toda su fauna a excepción de las focas y las ballenas. Todas las aves habían emigrado a otros lugares, exceptuando los raros pingüinos de gran tamaño.

Lo que había sucedido después solamente podíamos adivinarlo. ¿Cuánto tiempo sobrevivió la nueva ciudad del abismo? ¿Seguiría allí abajo convertida en esqueleto de piedra rodeado por la oscuridad eterna? ¿Acabaron por helarse las aguas subterráneas? ¿Qué destino encontraron las ciudades submarinas del mundo exterior? ¿Se movieron algunos de los Primordiales hacia el Norte desertando ante el avance del casquete polar? La geología actual no muestra señal alguna de su presencia. ¿Era el terrible Mi-Go todavía una amenaza en el mundo terreno septentrional? ¿Quién sabía con seguridad qué podía perdurar, o qué puede sobrevivir incluso hoy, en los tenebrosos e insondables abismos de las aguas más profundas de la Tierra? Aquellos seres parecían capacitados para soportar las mayores presiones, y la gente de mar ha sacado algunas veces en sus redes objetos insólitos. ¿Ha llegado a explicar la teoría de la ballena carnicera las misteriosas y feroces cicatrices de las focas antárticas reveladas hace una generación por Borchgrevingk?

No he tenido en cuenta las muestras encontradas por el desgraciado Lake para hacer estas conjeturas, pues su ambiente geológico indicaba que vivieron en la que tuvo que ser una época muy lejana de la historia de la ciudad terrestre. Por el lugar en que se encontraban, debían contar al menos treinta millones de años, y suponemos que en aquellos días la ciudad de la cueva marina y ni siquiera la cueva misma existían. Ellos pertenecían a un paisaje anterior de frondosa vegetación de la Era Terciaria, a una ciudad terrestre mucho más joven, de artes florecientes y un río caudaloso que trazaba una gran curva hacia el Norte rozando las laderas de montañas encumbradas y alejándose hacia un océano tropical distante.

Y a pesar de todo, no podíamos evitar el pensar en aquellas muestras, en particular en aquellos ocho ejemplares perfectos que se habían perdido del campamento de Lake, terriblemente destruido. Algo anormal había en todo aquello, en los misteriosos sucesos que nos habíamos empeñado en achacar a la insensatez de una persona, en aquellas terribles tumbas, en la variedad y cantidad del equipo ausente, en lo de Gedney, en la dureza tan poco natural de aquellas arcaicas monstruosidades y en las extraordinarias características vitales que los bajorrelieves nos contaban ahora que tenía aquella especie. Danforth y yo habíamos observado demasiado en las últimas horas y estábamos preparados a creer en increíbles y espeluznantes secretos de esa primitiva naturaleza, y a mantenernos silentes acerca de ellos.

IX

He comentado que el estudio de los relieves más nuevos nos indujo a cambiar de objetivo inmediatamente. Me refiero, sin duda, a las vías abiertas en la roca viva a golpes de cincel que llevaban al oscuro mundo interior, de cuya existencia no sabíamos antes y que ahora deseábamos con pasión descubrir y explorar. Del tamaño de las esculturas talladas concluimos que bajando una pendiente de unos dos kilómetros por alguno de los dos túneles contiguos llegaríamos al límite de los vertiginosos y sombríos acantilados que rodeaban el gran abismo, precipicios recorridos por caminos mejorados por los Primordiales y que llevaban a la orilla rocosa del tenebroso y oculto océano. Observar aquella interminable cueva y percibir su realidad tenía una atracción que no parecía posible resistir una vez conocida su existencia, aunque sabíamos que había que emprender la exploración sin retrasos si queríamos llevarla a término en aquel viaje.

Eran las 8 de la noche y no teníamos suficientes pilas de repuesto para poder tener encendidas las linternas todo el trayecto. Fueron tan minuciosos los estudios y dibujos que hicimos por debajo del nivel helado, que las habíamos tenido encendidas durante casi cinco horas seguidas, y a pesar de la fórmula especial de las pilas secas, no aguantarían mucho más de cuatro horas, aunque si manteníamos apagada una de las linternas, excepto cuando conseguíamos algo de singular interés o llegáramos a un paso difícil especialmente, tal vez encontraríamos un margen de seguridad superior a ese límite. Sería insensato quedarse sin lugar en aquellas monumentales catacumbas, por lo que, si queríamos llegar hasta el abismo, debíamos renunciar a descifrar más murales labrados. Claro está que teníamos intención de volver al lugar y permanecer en él durante días y hasta semanas entregados a fotografiarlo y estudiarlo intensamente, pues ya hacía mucho que la curiosidad había sustituido al terror que en un principio habíamos experimentado, pero, por el momento, teníamos que darnos prisa.

Nuestra provisión de papeles para señalar nuestro trayecto estaba lejos de ser inagotable, y nos resistíamos a sacrificar cuadernos de notas o de dibujo para acrecentarla, pero si renunciamos a uno de ellos. Si la situación empeoraba, siempre podríamos recurrir en último extremo al sistema de dejar marcas de cincel en las rocas. Y siempre sería posible, en caso de extraviarnos de verdad, el buscar una salida, por uno u otro pasadizo, guiándonos por la luz del sol si contábamos con tiempo suficiente para probar unos y otros. Y sin más tardanza finalmente nos encaminamos al túnel más cercano.

Según las tallas de acuerdo con las cuales habíamos hecho el mapa, la boca del túnel que buscábamos no podía estar a mucho más de medio kilómetro del lugar en que nos hallábamos; el espacio intermedio mostraba edificios de sólido aspecto que permitirían probablemente la entrada a un nivel inferior al glacial. La abertura en sí debía hallarse en la parte baja —en el ángulo más cercano a las laderas— de una gran construcción de cinco puntas, de indudable carácter público y tal vez de uso ceremonial, que tratamos de situar basándonos en nuestro estudio del aérea de las ruinas.

No recordábamos haber visto ninguna edificación de esa naturaleza durante el vuelo, por lo que concluimos que, o sus partes superiores estaban dañadas, o había quedado totalmente destruido a causa de una enorme grieta que habíamos observado en el hielo. De ser así, el túnel estaría obstruido seguramente, por lo que tendríamos que probar suerte con el siguiente más adyacente, el que quedaba a menos de una milla hacia el norte. El cauce del río nos cortaba el paso impidiéndonos entrar en este camino por cualquiera de los túneles situados más al sur. Realmente, si los dos más cercanos estaban cerrados, era dudoso que las pilas nos permitieran llegar al siguiente túnel del norte, que estaba a unos dos kilómetros más allá del escogido como segunda posibilidad.

Mientras nos abríamos paso en la penumbra a través del laberinto con la ayuda de mapa y brújula atravesando salas y corredores en diferentes estados de conservación y ruina, subiendo rampas, cruzando niveles superiores y puentes, volviendo a bajar, topando con puertas obstruidas y con montones de escombros, avanzando después por tramos magníficamente conservados y misteriosamente limpios, equivocando el camino y volviendo atrás para remediar el error (eliminando en estos casos la falsa ruta que habíamos marcado con papeles) y, alguna que otra vez, llegando al fondo de un agujero por el que se derramaba o se filtraba sutilmente la luz del día, tuvimos que pasar de largo bajorrelieves que nos tentaban a trechos con sus imágenes. Muchos de ellos seguramente contarían historias de enorme importancia histórica, y solamente la perspectiva de posteriores visitas nos hizo aceptar la imposibilidad de analizarlos detenidamente. Así y todo, algunas veces reducíamos el paso y encendíamos la segunda linterna. De haber tenido más película nos hubiésemos detenido fugazmente para sacar fotografías de algunos de los bajorrelieves, pero la idea de copiarlos quedaba fuera de lugar.

Llego ahora nuevamente a un punto en el que la tentación de titubear, o de develar más que relatar, es muy fuerte. Pero es necesario revelar todo lo demás con el fin de desalentar otras exploraciones. Tras haber cruzado un puente a la altura del segundo piso hasta lo que parecía ser claramente el extremo de un muro en punta, y tras haber bajado a una galería singularmente rica en tallas de estilo tardío, de gran elaboración decadente y al parecer rituales, habíamos llegado muy cerca del lugar donde creíamos se hallaría la boca del túnel, cuando, poco antes de las 8,30 de la noche, el olfato joven de Danforth nos facilitó el primer indicio de algo insólito. Si hubiésemos llevado un perro, supongo que habríamos entendido antes. Al principio no pudimos decir a ciencia cierta qué fue lo que vició el aire, hasta entonces de cristalina pureza, pero al cabo de un tiempo nuestra memoria nos habló con absoluta claridad. Trataré de decirlo sin titubear. Se percibía un olor, y ese olor era difuso, sutil e indudablemente semejante al que tanta repugnancia nos causara al abrir la demente tumba de aquel horror que el desdichado Lake había diseccionado.

Claramente, la revelación no fue tan clara entonces como suena ahora. Había varias explicaciones posibles, y cuchicheamos un largo rato sin decidir nada. Pero lo importante es que no retrocedimos sin investigar más; ya que habíamos llegado tan lejos, nos negamos a desanimarnos, salvo que diéramos con un desastre cierto. En cualquier caso, lo que sospechábamos era demasiado descabellado para realmente creerlo. Tales cosas no ocurren en un mundo normal. Fue posiblemente un instinto irracional lo que nos hizo apagar parcialmente la linterna (las esculturas tardías y siniestras que gesticulaban desafiantes desde las paredes habían dejado de tentarnos) y avanzar de puntillas con cautela pasando a gatas sobre los escombros acumulados sobre el suelo, y que iban aumentando en cantidad a cada paso.

La vista de Danforth, y no solamente su olfato, resultaría ser mejor que la mía, pues fue él también quien primero percibió la extraña disposición de las ruinas después que hubimos pasado bajo gran número de arcos medio taponados que conducían a cámaras y corredores a nivel del suelo. No tenían el aspecto que era de esperar tras miles de años de abandono, y cuando hicimos lucir la linterna con mayor potencia vimos que se había despejado una especie de franja a través de los escombros no hacía mucho tiempo. La naturaleza irregular de los mismos impedía que quedaran marcas definidas, pero en los lugares más despejados algo daba la impresión de que se habían arrastrado por allí objetos de considerable peso. Por un momento creímos ver huellas de algo paralelo, como los patines de un trineo. Y eso fue lo que nos hizo detenernos de nuevo.

Fue durante esa pausa cuando percibimos, esta vez los dos al mismo tiempo, el otro aroma que llegaba desde un lugar algo más lejano. Paradójicamente se trataba de un aroma menos aterrador y a la vez más alarmante, a decir verdad menos aterrador en sí, pero enormemente más alarmante tratándose de aquel lugar y de aquellas condiciones, a no ser, naturalmente, que Gedney... Pues el aroma era de gasolina común y corriente, gasolina de uso cotidiano.

Lo que nos motivó a continuar después de esto es algo que dejaré que decidan los psicólogos. Ahora sabíamos que una terrible continuación de los horrores del campamento se había arrastrado hasta este tenebroso cementerio de eones y, por lo tanto, ya no podíamos dudar de la presencia de condiciones sin nombre, actuales o al menos recientes, a poca distancia de allí. Sin embargo, terminamos por dejar que la curiosidad ardiente, o la angustia, o la autosugestión, o difusos pensamientos acerca de nuestro deber para con Gedney, o lo que fuera, nos impulsara a seguir adelante. Danforth volvió a murmurar algo acerca de la huella que había creído ver en una esquina del corredor de las ruinas superiores y los débiles silbos musicales, seguramente de tremendo significado a la luz de lo que Lake dijo acerca de sus disecciones, a pesar de su enorme parecido con el eco de las bocas de las cavernas en los picos golpeados por los vientos que creía haber oído poco después procedentes de profundidades desconocidas. A mi vez, susurré algo acerca del estado en que había quedado el campamento, de las cosas que habían desaparecido y de cómo la demencia de un único superviviente había podido concebir lo inconcebible: una excursión insana a través de las colosales montañas y un descenso a los desconocidos edificios de construcción milenaria.

Pero no conseguimos convencernos el uno al otro, y ni siquiera a nosotros mismos, de nada concreto. Habíamos apagado la linterna por completo y, mientras permanecimos allí inmóviles, nos dimos cuenta de que una sutil luz diurna filtrada desde las alturas hacía que la oscuridad no fuese absoluta. Como quiera que echáramos a andar sin pensar, nos fuimos guiando por la luz de la linterna que encendíamos de vez en cuando durante muy breves instantes. Las ruinas barridas o removidas nos habían causado una impresión que no lográbamos borrar, y el olor a gasolina iba en aumento. Nuestros ojos tropezaban con más y más escombros que nos entorpecían el paso, hasta que pronto vimos que el camino ante nosotros estaba a punto de acabar. Habíamos dado en el clavo en nuestra pesimista suposición acerca de la hendidura vista desde el aire. La búsqueda del túnel nos había llevado a un pasadizo sin salida, y ni siquiera íbamos a poder llegar a la parte inferior en la que se abría el paso hacia el abismo.

La linterna eléctrica, que alumbraba las paredes llenas de tallas terribles del pasadizo bloqueado en que nos encontrábamos, reveló diversas puertas más o menos taponadas. A través de una de ellas llegaba con especial potencia el olor a gasolina dominando cualquier otro aroma posible. Al mirar con mayor atención vimos, sin lugar a dudas, que los escombros habían sido barridos recientemente delante de aquella puerta. Cualquiera que fuera el terror que allí nos acechaba, el camino que llevaba directamente hasta él era patente. No creo que a nadie le maraville saber que aguardáramos un buen rato antes de hacer ningún otro movimiento.

Y, a pesar de todo, cuando al fin nos aventuramos a entrar por aquel negro arco, nuestra primera impresión fue de honda decepción. Pues en medio del espacio lleno de escombros y del desorden de aquella cripta tallada en la roca, un cubo perfecto de lados de unos seis metros de lado, no había ningún objeto de hecho recientemente ni de tamaño discernible, por lo que buscamos instintivamente, aunque sin conseguirlo, alguna otra puerta. Pero la aguda vista de Danforth, al cabo de un momento, situó el lugar en que se habían removido recientemente los escombros que cubrían el suelo, y hacia allí dirigimos toda la luz de las dos linternas. Aunque lo que vimos a esa luz fue realmente sencillo e insignificante, vacilo en decir lo que era por lo que significaba. Se trataba de una sencilla inspección del montón de escombros, encima del cual había esparcidos al azar varios objetos de pequeño tamaño, y en una de cuyas esquinas se había vertido una considerable cantidad de gasolina, pues aquel fuerte olor impregnaba todo el ambiente, a pesar de la gran altura de la meseta. Dicho de otro modo, aquello no podía ser sino una especie de campamento, un campamento dispuesto por seres que, igual que nosotros, buscaban algo y que, como nosotros, se habían visto detenidos por la imprevista obstrucción del camino que llevaba al abismo.

Hablaré con claridad. Los objetos esparcidos procedían esencialmente del campamento de Lake y consistían en latas de conservas abiertas de manera extraña, como las que habíamos visto en aquel lugar devastado, gran cantidad de cerillas usadas, tres libros ilustrados manchados de curiosa forma desigual, un frasco de tinta vacío con su envase de cartón, una pluma estilográfica rota, algunos pedazos de piel y de lona de tienda cortados de manera singularmente rara, una pila eléctrica usada junto con su envoltura de propaganda y las instrucciones para su empleo, un folleto que acompañaba a las estufas que usábamos para calentar las tiendas y bastantes trozos de papel arrugados. Todo ello era no poco alarmante, pero cuando alisamos los papeles y vimos lo que en ellos había presentimos que habíamos llegado a lo peor. Habíamos hallado en el campamento algunos papeles misteriosamente emborronados que pudieran habernos preparado para ello, y sin embargo encontrarlos allí abajo, en las cavernas pre-humanas de una ciudad de pesadilla, resultaba casi intolerable.

Un Gedney enloquecido podía haber dibujado aquellos grupos de puntos copiando los que habían encontrado en los trozos de esteatita verdosa, iguales a los que vimos en los túmulos de cinco puntas; era comprensible que hubiera sacado unos apresurados dibujos de exactitud variable, o incluso carentes de ella, que representaran en boceto los alrededores de la ciudad y señalaran el camino desde un lugar marcado con un círculo y que no pertenecía a nuestro trayecto anterior, un lugar que identificamos con la gran torre cilíndrica de los bajorrelieves y que habíamos visto desde el aeroplano, hasta la actual cámara de cinco puntas y la boca del túnel que en ella se abría.

Pudo Gedney, repito, hacer esos dibujos, pues los que teníamos ante nuestros ojos se habían hecho, claramente, copiando de los bajorrelieves, al igual que nosotros habíamos hecho los nuestros, y copiando las tallas tardías del laberinto glacial, aunque duplicando otras diferentes a las nuestras. Pero lo que jamás habría podido conseguir Gedney, chapucero y negado como era para el arte, era hacer aquellos dibujos utilizando una técnica extraña y una seguridad de trazo tal vez mejor, a pesar de su apresuramiento y descuido, al dibujo de las decadentes tallas que habían servido de modelo, la característica e inequívoca técnica de los propios Primordiales de los tiempos de auge de la ciudad muerta.

No faltarán quienes digan que Danforth y yo demostramos estar completamente dementes al no haber huido después de aquello, puesto que nuestras conclusiones eran ya, pese a su locura, completamente firmes y de una índole que ni siquiera necesito mencionar a quienes hayan seguido mi narración hasta este punto. Es posible que estuviéramos trastornados, ¿pues no he dicho que aquellas horribles cumbres eran las montañas de la locura? Pero creo que puedo prevenir algo que indica el mismo espíritu, aunque de naturaleza menos extrema, en los hombres que acechan a las carniceras fieras de las selvas africanas para fotografiarlas o estudiar sus costumbres. Medio paralizados por el miedo como estábamos, ardía en nosotros, sin embargo, una llama nutrida por el asombro y la curiosidad, y que acabó por vencer.

Naturalmente que no teníamos intención de enfrentarnos con lo que, o con los que, sabíamos que habían estado allí, pues creíamos que ya se habrían marchado. Para entonces habrían descubierto la entrada vecina que conducía al abismo y se habrían adentrado por ella en dirección a Dios sabe qué tétricos jirones del pasado, que les aguardaran en aquella postrera fosa, la postrera sima que jamás habían visto. Y si esa entrada también estuviese tapiada, se habrían alejado hacia el Norte en busca de alguna otra. Recordamos que dependían parcialmente de la luz.

Cuando pienso en aquel instante, apenas puedo recordar cuáles fueron nuestras emociones, qué cambio de objetivo inmediato fue el que afiló tanto nuestra expectación. No teníamos intención de enfrentarnos con lo que nos atemorizaba, y sin embargo no negaré que posiblemente tuviésemos un oculto deseo inconsciente de espiar ciertas cosas desde algún observatorio estratégico. Es probable que no hubiéramos desistido todavía del deseo de aquel abismo, aunque ahora se había atravesado un nuevo objetivo: el espacioso lugar rodeado por un círculo mostrado en los arrugados dibujos que habíamos hallado. Habíamos reconocido inmediatamente la colosal torre cilíndrica que aparecía en los bajorrelieves más antiguos, pero que vista desde lo alto no parecía sino una asombrosa abertura redonda. Algo relacionado con su aspecto impresionante, incluso en aquellos apresurados bocetos, nos hizo pensar que en sus niveles subglaciales todavía podía haber algo de especial importancia. Tal vez encerrase maravillas arquitectónicas no descubiertas aún en nuestras exploraciones. La torre era, sin duda, de increíble antigüedad, pues, según las escenas esculpidas en que aparecía, había sido una de las primeras edificaciones de la ciudad. Sus bajorrelieves, si todavía existían, podrían tener un valor muy singular. Además, tal vez supusiera un conveniente enlace con el mundo superior, un camino más corto que el que con tanta atención íbamos marcando, y probablemente el que siguieron los que bajaron con anterioridad.

En cualquier lugar, lo que hicimos fue estudiar los espantosos bocetos, que confirmaron los nuestros con gran exactitud, y retroceder por la vereda indicada hacia el lugar circular, es decir, el camino que nuestros antecesores de identidad desconocida tuvieron que recorrer dos veces antes que nosotros. La otra abertura que nos conduciría al tan buscado abismo estaría más allá. No es necesario que hable del trayecto que seguimos y durante el cual continuamos dejando un rastro de papeles economizando todos lo posible, pues fue de naturaleza idéntica al que nos había llevado hasta aquella galería sin salida, aun cuando el nuevo camino tendía a mantenerse más cerca del nivel del suelo e incluso a descender hacia las galerías inferiores. De cuando en cuando veíamos algunas señales alarmantes en los escombros y basuras esparcidas por el suelo; y en cuanto dejamos de percibir el olor a gasolina, volvimos a notar agitada y vagamente aquel hedor más persistente y terrible. Después que el camino se separara del que habíamos seguido anteriormente, iluminamos varias veces los muros de la galería con los rayos de una sola linterna, y vimos en ellos casi siempre las omnipresentes tallas que parecían haber sido la principal distracción estética de los Primordiales.

Hacia las 9.30, cuando cruzábamos un largo corredor abovedado, cuyo suelo cada vez más frío parecía estar algo por debajo del nivel general del suelo y cuyo techo perdía altura según avanzábamos, empezamos a notar ante nosotros una fuerte luz diurna, y pudimos apagar la linterna. Al parecer, nos acercábamos al amplio espacio circular y no podíamos estar muy lejos del exterior. La galería terminaba en un arco asombrosamente bajo para ruinas megalíticas de tales dimensiones, pero fue mucho lo que pudimos ver a través de él, incluso antes de atravesarlo. Al otro lado del arco se abría un enorme espacio redondo, de unos sesenta metros de diámetro, cuyo suelo estaba cubierto de escombros y en el que se veían multitud de arcos taponados que correspondían al que estábamos a punto de cruzar. En donde había lugar para ello, los muros estaban muy esculpidos formando un friso en espiral de asombroso tamaño que mostraba, a pesar de los daños causados por los elementos en aquel lugar abierto, una riqueza artística muy superior a cuanto habíamos visto hasta entonces. El suelo, atestado de escombros, estaba cubierto por una gruesa capa de hielo, y supusimos que el verdadero piso estaba a un nivel bastante inferior. Pero la característica más memorable del lugar era la colosal rampa de piedra que, esquivando los arcos por medio de un brusco desvío hacia el exterior, se retorcía subiendo por las espléndidas paredes del cilindro como contrafiguras internas de las que ascendieron en otros tiempos por las inmensas torres piramidales o zigurats de la antigua Babilonia. Solamente la velocidad del vuelo y la perspectiva que hacía confundir la bajada con el muro interior de la torre nos había impedido ver esta rampa desde el avión, induciéndonos a buscar otro camino al nivel subglacial. Pabodie tal vez hubiera podido expresar qué clase de construcción explicaba su firmeza, pero Danforth y yo solamente pudimos maravillarnos observándola. Había poderosas ménsulas y columnas de piedra aquí y allá, pero lo que vimos se nos antojó insuficiente para la función que desempeñaban. Todo ello se encontraba en óptimo estado de conservación hasta la parte superior de la torre, lo que es admirable si se tiene en cuenta lo muy expuesto que estaba a las inclemencias del paso del tiempo, y su cobijo había ayudado en gran medida a resguardar las extrañas e inquietantes esculturas cósmicas de las paredes.

Así que salimos a la horrible penumbra en que la media luz dejaba al fondo del monstruoso cilindro de cincuenta millones de años de antigüedad es, sin duda, la más primitiva de cuantas edificaciones verían nuestros ojos, vimos que los muros escalados por la rampa ascendían vertiginosamente hasta una altura de dieciocho metros. Esto, según recordamos por nuestro análisis aéreo, significaba una capa exterior de hielo de alrededor de doce metros, pues el precipicio que habíamos visto desde el avión se hallaba en lo alto de un montículo de ruinas de seis metros, algo abrigado en las tres cuartas partes de su perímetro circular por las macizas murallas de una fila de ruinas que quedaban algo más arriba. Según relataban las tallas, la torre se había alzado en un principio en el centro de una enorme plaza redonda hasta una altura de unos ciento cincuenta o ciento ochenta metros, con altiplanicies horizontales cerca de la parte superior en forma de disco y una fila de agudas torres semejantes a espadas a lo largo del borde superior. La mayor parte de lo construido se había derrumbado principalmente hacia fuera, circunstancia dichosa, pues de lo contrario es posible que la rampa hubiera quedado destruida y todo el interior aislado. Aun así, la rampa había sufrido deplorables destrozos, y la acumulación de escombros era tal que parecía que el paso por todos los arcos inferiores se había abierto solo recientemente.

No tardamos sino un momento en llegar a deducir que ese había sido innegablemente el camino por el que aquellos otros habían bajado, y que este sería el camino natural que seguiríamos para nuestro ascenso, a pesar del largo rastro de papeles que habíamos ido dejando en otros lugares. La boca de la torre no estaba más lejos de las ramificaciones y del avión que nos esperaba que el vasto edificio escalonado por el que habíamos entrado, y cualquier exploración subglacial que pudiéramos hacer en este viaje tendríamos que llevarla a cabo en aquella zona. Es curioso que todavía especuláramos sobre hacer viajes posteriores, incluso después de cuanto habíamos adivinado y visto. Fue entonces, mientras avanzábamos con cautela por encima de los escombros del espacioso piso cuando vimos algo que nos hizo olvidarnos de momento de todo lo demás.

Se trataba de tres trineos colocados cuidadosamente en la esquina más lejana de la parte inferior y más saliente de la rampa, la que había estado escondida a nuestros ojos hasta entonces. Allí estaban los tres trineos desaparecidos en el campamento de Lake, en muy mal estado por el maltrato que había significado posiblemente el arrastrarlos con violencia por encima de escombros y piedras no cubiertos de nieve, además de pasarlos por encima de lugares absolutamente intransitables. Estaban empaquetados con sumo esmero y sujetos con correas, y contenían cosas que nos eran conocidas de sobra: la estufa de gasolina, bidones de combustible, estuches de herramientas, latas de conservas, bultos envueltos en lona que encerraban indudablemente libros y otros paquetes de contenido menos claro; todo ello procedente del equipo de Lake.

Después de lo que habíamos hallado en aquel otro espacio, estábamos preparados para este descubrimiento. La sorpresa realmente perturbadora fue la recibida cuando, después de pasar por encima de un paquete que nos había inquietado mucho y de desenvolverlo de la lona que lo cubría, encontramos algo realmente alarmante. Por lo visto, otros, además de Lake, se habían preocupado por coleccionar los curiosos especímenes, pues allí había dos, congelados, rígidos, en perfecto estado de conservación, curadas con vendaje unas heridas que exhibían en el cuello, y envueltos meticulosamente para que no sufrieran más daño. Eran los cadáveres de Gedney y del perro desaparecido.

X

Muchos serán los que probablemente nos llamen inhumanos, además de lunáticos, por pensar en el túnel del Norte y en el abismo al cabo de tan poco tiempo de nuestro infortunado hallazgo, y no me siento capaz de decir que no hubiésemos recordado inmediatamente tales cosas de no haber sido por algo en concreto que nos sorprendió, iniciando una nueva serie de preguntas. Habíamos vuelto a cubrir el cuerpo del pobre Gedney con la lona y nos encontrábamos sumidos en una especie de asombro mudo, cuando unos sonidos acabaron por abrirse paso hasta nuestros oídos. Eran los primeros que escuchábamos desde que habíamos bajado del espacio abierto donde el viento de las alturas nos había dejado oír sus débiles gruñidos desde cimas fuera de este mundo. Aunque terrestres y bien conocidos, su existencia en aquel remoto reino de la muerte resultaba más estremecedora e inesperada que la de cualquier otro sonido grotesco o fabuloso, pues volvieron a hacer dudar todas nuestras conocimientos acerca de la armonía cósmica.

Si hubieran tenido alguna tenue semejanza con los fantásticos silbidos pertenecientes a una extensa escala musical que el informe de Lake acerca de sus disecciones nos había incitado a esperar y que nuestra excitada imaginación había reconocido en todas las ráfagas de viento que habíamos escuchado después de descubrir los espantos del campamento, al menos habrían tenido una especie de infernal correspondencia con la región que nos rodeaba, muerta durante muchos eones. El lugar adecuado para una voz llegada de otras épocas es un cementerio de otras épocas. Pero el hecho fue que aquel sonido echó por tierra nuestras convicciones más enraizadas, toda nuestra tácita aceptación de la Antártida interior como desierto helado, total e irrevocablemente desprovista de cualquier vestigio de vida normal. Lo que oímos no fue el fabuloso sonido de la palabra blasfema de una antigua tierra en cuyas duras entrañas ultraterrenas un sol polar, rechazado durante innumerables siglos, había provocado una monstruosa respuesta. Lejos de ello, fue algo tan cómicamente normal, tan innegablemente habitual durante nuestros días de navegación por las aguas próximas a la tierra de Victoria y de campamento junto a la bahía de McMurdo, que nos asombramos al pensar que pudiera darse allí, en donde no debían oírse tales cosas. En resumen, fue simplemente el ronco graznido de un pingüino.

El tenue sonido llegó flotando desde rincones subglaciales claramente opuestos a la galería por la que habíamos llegado, desde una zona situada indudablemente en la dirección del otro túnel que conducía al interminable abismo. La presencia de un ave acuática viva en aquellos parajes, en un mundo en cuya superficie la ausencia de vida era particularidad secular y uniforme, solo podía llevarnos a un desenlace; por ello nuestro primer pensamiento fue comprobar la realidad objetiva del sonido. En efecto, se repitió varias veces, y en ocasiones parecía proceder de más de una garganta. Buscando su origen, pasamos bajo un arco del cual se habían limpiado buena parte de los escombros. Volvimos a penetrar en galerías desconocidas y, cuando dejamos atrás la luz del día, a marcar nuestro rastro con una cantidad aumentada de papel que tomamos con repulsión extraña de uno de los paquetes tapados con lona que hallamos en los trineos.

A medida que el piso frío fue siendo reemplazado por cascotes y broza, percibimos con nitidez unas extrañas huellas dejadas por algo que hasta allí se había transportado a rastras; Danforth encontró una huella muy nítida cuya descripción resultaría superflua. El camino que marcaban los graznidos del pingüino era el que el mapa y la brújula marcaban como el que conducía a la boca del túnel situado más al norte, y nos entusiasmamos de encontrar un acceso sin puentes en el piso bajo que parecía estar despejado. El túnel, según el mapa, debía partir de la base de una gran construcción piramidal que vagamente recordamos haber visto desde lo alto y que se encontraba en asombroso estado de conservación. A lo largo del camino, la única linterna encendida nos mostró la acostumbrada profusión de relieves, pero no nos detuvimos para examinar ninguno de ellos.

De pronto, una forma voluminosa y blanca apareció ante nosotros, y encendimos la segunda linterna. Es extraño cómo esta nueva búsqueda había eliminado totalmente de nuestra memoria los anteriores miedos a lo que pudiera acecharnos en la oscuridad. Era de suponer que los «otros», tras dejar sus cosas en el gran espacio circular, habían pensado en volver después de su investigación del camino del abismo, o incluso del abismo en sí. Pero nosotros habíamos apartado toda precaución como si «ellos» jamás hubieran existido. Aquella cosa blanca de torpe andar de pato medía más de dos metros, y, sin embargo, entendimos al punto que no se trataba de uno de los «otros», pues estos eran de mayor tamaño y oscuros, y, según la descripción de los labrados, sus movimientos en tierra, a pesar de la rareza de sus miembros tentaculares nacidos del mar, eran veloces. Pero decir que aquella forma blanca no nos atemorizó profundamente sería inútil. La verdad es que durante un instante nos paralizó un miedo primitivo, casi tan lacerante como nuestros razonados temores relacionados con los «otros». Nuestra excitación decayó súbitamente cuando aquel bulto blanco pasó con su andar pesado bajo un arco lateral que quedaba a nuestra izquierda para juntarse con los dos congéneres que le habían llamado con sus voces roncas. Pues no era sino un pingüino, aunque enorme, de una especie desconocida mayor que la de los pingüinos conocidos y monstruoso por la combinación de su albinismo con la casi total carencia de ojos.

Cuando pasamos en busca del ave por debajo del arco encendimos las dos linternas, y dejamos caer su luz sobre los tres distraídos e indiferentes pingüinos; vimos que todos ellos eran albinos y no tenían ojos, y que los otros dos eran de la misma especie desconocida y gigantesca del primero. Por su tamaño nos evocaron algunos de los pingüinos arcaicos de las tallas de los Primordiales, y no tardamos en concluir que descendían de antepasados comunes y que estos habían sobrevivido por haberse escondido en algunas regiones más templadas, cuya oscuridad perpetua había destruido su pigmentación y atrofiado los ojos hasta transformarlos en inútiles rendijas. Sin duda alguna habitaban ahora en el profundo abismo que estábamos buscando, y esta prueba de la perdurable templanza y habitabilidad del mar interior nos llenó la cabeza de fantasías en extremo perturbadoras y curiosas.

También nos preguntamos qué había podido impulsar a estas tres aves a aventurarse lejos de sus dominios acostumbrados. El silencio y el estado de la gran ciudad muerta demostraba que no había sido nunca criadero natural de aves, mientras que la clara indiferencia del trío respecto a nuestra presencia hacía que fuese raro que el paso de un grupo distinto los hubiera alarmado. ¿Era posible que aquellos «otros» se hubieran mostrado hostiles o hubieran tratado de acrecentar sus provisiones de carne? Dudábamos de que aquel penetrante olor que tanto aborrecían los perros pudiese resultar también antipático para los pingüinos, pues sus antepasados habían mantenido apacibles con los Primordiales unas relaciones cordiales que tenían que haber perdurado a orillas del abismo en tanto que sobrevivieran algunos de los Primordiales.

Llevados por un nuevo despertar del espíritu de la ciencia, lamentamos no poder fotografiar aquellas criaturas extraordinarias, y seguimos el camino hacia el mar subterráneo, un camino que ahora sabíamos sin titubear que se encontraba abierto y libre de obstáculos, y cuya dirección exacta nos manifestaban visiblemente las huellas de los pingüinos que encontrábamos a nuestro paso.

Poco después, una empinada bajada por una larga galería extrañamente desprovista de tallas nos indujo a creer que nos aproximábamos por fin a la entrada del túnel. Acabábamos de pasar junto a dos pingüinos y oíamos a otros muy cerca de nosotros, adelante. La galería terminaba en un grandioso espacio abierto que nos dejó sin aliento; se trataba de una perfecta semiesfera invertida, evidentemente situada a enorme profundidad. Medía unos treinta metros de diámetro y quince de altura, con bajas aberturas en arco en todos los puntos de la circunferencia menos en uno, donde se abría cavernosamente una entrada negra y en forma de arco, que rompía la simetría de la bóveda hasta una altura de casi quince pies. Era la entrada al colosal abismo.

En esta gran semiesfera, cuya techumbre cóncava estaba impresionantemente tallada, aunque en estilo decadente, representando una primitiva bóveda celeste, se contoneaban unos cuantos pingüinos albinos, extraños en aquel lugar, pero ciegos e indiferentes. El negro túnel mostraba sus fauces y se alejaba incesantemente en pendiente cuesta abajo, con la boca adornada por vigas y dinteles grotescamente tallados a cincel. Desde aquella críptica embocadura imaginamos que soplaba un aura un poco más templada y tal vez emanaba un sospechoso vapor, y nos preguntamos qué seres vivos, aparte de los pingüinos, podían ocultar el insondable abismo de allá abajo y los infinitos huecos del panal de la superficie y de las titánicas montañas. Nos cuestionamos también si los indicios de humo que el desgraciado Lake creyó ver en una montaña, y también la curiosa neblina que nosotros mismos habíamos visto en torno al pico coronado por una fortificación, pudieran tener por causa la ascensión por serpentinos cauces de vapores procedentes de las regiones inescrutables del centro de la tierra.

Al entrar en el túnel notamos que su trazado general, al menos al comienzo, era de cinco metros de ancho por cinco de alto, era de muros, suelo y techo abovedado formado por la acostumbrada arquitectura megalítica. Las paredes estaban sobriamente adornadas con medallones de dibujos sencillos y estilo tardío y decadente, y toda la fábrica y las tallas estaban conservadas maravillosamente. El suelo estaba limpio, exceptuando algunos detritus dejados por los pingüinos al salir y las huellas estampadas por otros al entrar. Cuanto más nos adelantábamos más templado se hacía el ambiente, con lo que no tardamos en desabrocharnos las prendas de más abrigo. Pensamos si verdaderamente se darían allá abajo fenómenos ígneos y si las aguas de aquel mar sin sol serían cálidas. Al cabo de una corta distancia, los bloques de piedra fueron sustituidos por la roca viva, aunque el túnel conservó las mismas proporciones y siguió presentando la misma regularidad de sección. En ocasiones, la pendiente era tan pronunciada que se habían tallado hendiduras en el suelo. Vimos algunas bocas de galerías laterales que no aparecían en nuestro plano, pero ninguna de naturaleza tal que pudiera entorpecer nuestro regreso, y todas ellas ofrecían refugio en caso de que a nuestra vuelta topáramos con seres desagradables. El olor de tales seres era muy perceptible. Indudablemente era una aventura necia y suicida adentrarse en aquel túnel en las condiciones descritas, pero la, tentación de lo oculto es en ciertas personas más fuerte de lo que se cree, y al fin y al cabo esa tentación era lo que nos había llevado, en primer lugar, a este cruel desierto polar. Según avanzábamos vimos varios pingüinos y nos preguntamos qué distancia quedaría por avanzar. Los bajorrelieves nos hacían esperar un descenso como de dos kilómetros hasta el abismo, pero nuestras primeras indagaciones nos habían hecho comprender que no podíamos fiarnos plenamente de las escalas.

Al cabo de quinientos metros aproximadamente aquel hedor sin nombre se intensificó, y tomamos buena cuenta de la cantidad de galerías laterales por las que pasamos. No se percibía vapor alguno como el de la entrada, pero esto se debía indudablemente a la falta de aire fresco para servir de contraste. La temperatura subía rápidamente y no nos asombró llegar ante un informe montón de cosas horriblemente familiares para nosotros. Se trataba de un montón de pieles y lonas de tiendas originarias del campamento de Lake, y no nos detuvimos para estudiar las extrañas formas en que habían sido cortadas. Algo más allá advertimos que aumentaban claramente el tamaño y el número de las galerías que desembocaban en la nuestra, y concluimos que debíamos haber llegado a la zona densamente poblada de celdillas y situada debajo de las ramificaciones más altas. Aquel curioso hedor sin nombre nos llegaba ahora mezclado con otro aroma casi igualmente desagradable, la naturaleza del cual se nos escapaba, aunque pensamos en organismos en estado de putrefacción avanzada y quizás en misteriosos hongos subterráneos. Luego se abrió ante nosotros un ensanchamiento inesperado del túnel para el cual no nos habían preparado los labrados; se trataba de un ensanchamiento y una elevación del techo, con lo que el túnel se convirtió en cueva elíptica de aspecto natural, de suelo liso, de unos veintitrés metros de longitud por unos cincuenta de anchura y con multitud de pasillos que en ella confluían y de ella se alejaban para perderse en la oscuridad misteriosa.

Aunque la cueva parecía natural, una inspección realizada con ayuda de las dos linternas, nos descubrió que se había formado mediante la ruina artificial de varios muros que separaban las estancias contiguas excavadas en la roca. Las paredes eran rugosas, y el elevado techo abovedado mostraba una gran cantidad de estalactitas, pero el suelo de roca viva había sido allanado y estaba libre de fragmentos, detritus e incluso polvo en grado sumamente anormal. Excepto por la extensa galería por la que habíamos ido todos los grandes corredores que salían de ella se hallaban en igual estado, cuya particularidad era tal que nos tenía asombrados. El curioso y nuevo olor que había venido a sumarse al hedor sin nombre era allí muy penetrante, hasta el punto de enmascarar al otro sin dejar rastros de él. Había algo en aquel lugar, con su suelo alisado y casi reluciente, que nos sorprendió de forma más terrorífica que cualquiera de las cosas monstruosas con que habíamos tropezado con anterioridad.

La regularidad del pasadizo que se abría ante nosotros, y también la mayor abundancia de excrementos de pingüino que había en aquel lugar, evitaba confundir el camino en aquella cantidad de bocas de caverna igualmente grandes. No obstante, decidimos volver a dejar un rastro de trozos de papel si se presentaban inconvenientes, pues ya no podíamos esperar guiarnos por las huellas dejadas en el polvo. Al reanudar la marcha alumbramos en varios puntos las paredes del túnel y nos quedamos estupefactos al percibir el cambio tan radical que se apreciaba en los labrados de esta parte del corredor. Apreciábamos, naturalmente, la notable decadencia de las efigies de los Primordiales en el período en que abrieron el túnel y ya habíamos observado la mediocre artesanía de los adornos en los tramos que habíamos dejado atrás. Pero ahora, en aquella sección profunda de más allá de la caverna, se advertía una sutil diferencia que resultaba enigmática, una diferencia en su naturaleza básica distinta de la merma de calidad que suponía tan profunda e infortunada degradación de la habilidad de los artesanos y que resultaba inesperada en vista de lo que habíamos observado anteriormente.

Estas nuevas y degeneradas tallas eran toscas, burdas y completamente carentes de finura en los detalles. La talla tenía exagerada profundidad y formaba franjas que seguían la tónica general de los pocos medallones de las secciones anteriores, pero la altura de los relieves no llegaba hasta el nivel de la superficie general. A Danforth se le ocurrió que se trataba de una talla superpuesta, una especie de documento añadido después de borrar el diseño primitivo. Era todo ello de naturaleza convencional y decorativa, el diseño consistía en burdas espirales y ángulos que se ajustaban toscamente a la tradición matemática del quintil conservada por los Primordiales asemejándose más a una parodia que a la continuación de una tradición. No podíamos sacar de nuestras mentes que algún sutil elemento, pero profundamente extraño, se había agregado a los principios estéticos en que se apoyaba la técnica —un elemento extraño, supuso Danforth, culpable del elaborado cambio—. Era un arte parecido al que habíamos llegado a reconocer como el de los Primordiales, pero también desazonadoramente distinto, y me recordaba persistentemente cosas híbridas, como las torpes esculturas de Palmira modeladas a la manera romana. Que otros habían estudiado la franja de tallas lo sugería el hecho de que viéramos en el suelo, delante de uno de los medallones más característicos, una pila usada de linterna.

De cualquier manera que no podíamos perder mucho tiempo estudiando aquello, retomamos la marcha después de una ojeada, pero iluminando con frecuencia las paredes para ver si podía apreciarse algún otro cambio en la decoración. No vimos nada similar, aunque los bajorrelieves escaseaban en algunas partes como consecuencia de las muchas bocas de túneles que se abrían para dar paso a galerías laterales de suelo liso. El número de pingüinos disminuyó, aunque nos pareció percibir tenuemente un coro infinitamente lejano de graznidos que llegaban desde las profundidades de la Tierra. El nuevo y misterioso hedor se había hecho asquerosamente penetrante y apenas podíamos notar indicios del otro olor anónimo. Algunas nubecillas de vapor, visibles ante nosotros, indicaban los crecientes contrastes de temperaturas y la relativa cercanía de los acantilados sin sol del gran abismo. Y entonces, de súbito, vimos ciertos estorbos en el pulido suelo delante de nosotros, obstáculos que con toda seguridad no eran pingüinos, y encendimos la segunda linterna para asegurarnos de que aquellos objetos continuaban inmóviles.

Llego otra vez a un punto en el que me resulta muy difícil continuar. Ya debiera estar acostumbrado a estas alturas, pero ciertas experiencias y suposiciones hieren demasiado profundamente para cicatrizar y dejan la memoria tan sensibilizada que los recuerdos nos hacen volver a vivir el pasado horror. Vimos, como he dicho, ciertos impedimentos en nuestro camino sobre el pulido suelo, y puedo decir que, casi al mismo tiempo, nuestro olfato se vio invadido por una extraña acentuación de aquel extraño hedor, ahora claramente mezclado con la fetidez terrible de los que nos habían precedido. La luz de la segunda linterna nos arrancó las dudas acerca de qué objetos obstruían el camino, y solo nos atrevimos a acercarnos a ellos porque nos dimos cuenta, incluso a distancia, que ya estaban tan lejos de poder hacer mal alguno como los seis ejemplares de su misma especie que exhumamos de los abominables túmulos coronados por estrellas del campamento de Lake.

Estaban, en efecto, tan incompletos como la mayor parte de los que desenterramos, aunque por el charco espeso y de color verde oscuro que se estaba creando en torno a ellos era evidente que su mutilación era muchísimo más reciente. Parecía no haber sino cuatro de ellos, mientras que los boletines de Lake indicaban que el grupo que nos había antecedido estaba formado por no menos de ocho. Fue totalmente inesperado encontrarlos en aquel estado y nos preguntamos qué clase de combate siniestro se había desarrollado en medio de la oscuridad.

Los pingüinos, cuando se les ataca en grupo, se defienden con el pico ferozmente, y el oído nos decía ahora que había un criadero no lejos de allí. ¿Acaso quienes nos antecedieron habían alborotado un lugar así provocando una cacería? Los obstáculos que teníamos ante nuestro camino negaban esa posibilidad, pues los picos de los pingüinos difícilmente podrían haber causado en los duros tejidos que Lake diseccionara tan terribles destrozos como los que ahora podíamos ver al acercarnos. Además, las enormes aves ciegas que habíamos visto parecían singularmente tranquilas.

¿Se habría producido, quizás, una lucha entre aquellos «otros», y había que achacar el daño a los cuatro que faltaban? En ese caso, ¿dónde se encontraban? ¿Estaban cerca de allí representando una amenaza inmediata para nosotros? Fuimos observando con cierto temor algunas de las bocas de túnel por las que transitábamos según avanzábamos con paso lento y receloso. Cualquiera que fuese el conflicto, esto había sido lo que espantó a los pingüinos incitándolos a inusitadas correrías. Seguramente la cosa había ocurrido cerca del lugar en que habitaban, junto al infinito abismo de más allá desde donde habían llegado hasta nosotros los lejanos graznidos de las aves, pues no se observaban señales de que vivieran por allí. Tal vez había habido una terrible lucha en la que el grupo más débil fue arrasado por el más fuerte cuando trataba de llegar a los trineos escondidos. Cabía imaginar el combate diabólico entre seres increíblemente monstruosos que surgían del negro abismo, rodeados de bandadas de pingüinos delirantes graznando y huyendo lo más velozmente posible.

Afirmo que nos acercamos lenta y cautelosamente a los objetos mutilados que yacían en medio de nuestro camino. ¡Ojalá nunca nos hubiéramos acercado a ellos y hubiésemos salido a todo correr de aquel túnel execrable de suelo resbaladizo y de paredes cuajadas de decoraciones decadentes que copiaban los seres que habían reemplazado! ¡Ojalá hubiéramos retrocedido antes de ver lo que vimos y antes de que quedara inscrito a fuego en nuestra mente algo que nunca nos permitirá volver a respirar con tranquilidad!

La luz de las dos linternas cayó sobre los objetos caídos de tal forma que pronto nos percatamos de cuál era el factor común de su mutilación. Machacados, aplastados, retorcidos y rotos como estaban, lo que definía a todos ellos era que estaban decapitados. Todas las cabezas de equinodermo provistas de tentáculos estaban cercenadas, y según nos acercamos, vimos que, al parecer, habían sido descabezados más por un desgarro diabólico o succión que mediante cualquier forma habitual de corte. El maloliente licor de color verde oscuro que de ellos fluía formaba un charco grande que iba creciendo, pero su fetidez quedaba medio anulada por un nuevo y más extraño hedor, más penetrante allí que en ningún otro lugar de nuestro recorrido. Tan solo cuando habíamos llegado muy cerca de los obstáculos desparramados en el suelo pudimos entender de dónde procedía aquel segundo e inexplicable hedor, y tan pronto como lo hicimos, Danforth, recordando ciertas tallas muy explícitas de la historia de los Primordiales en la era pérmica, es decir, hace ciento cincuenta millones de años, no pudo contener un grito de terror que despertó los ecos de aquel pasadizo abovedado y arcaico de los relieves de tablilla.

Yo mismo estuve a punto de vociferar también, pues había visto igualmente los frisos primigenios y había admirado trémulo la forma en que el anónimo artista había dado a entender la horrible capa de mucosa que cubría a unos Primordiales mutilados y caídos en tierra, aquellos a los que los terribles shogoths habían dado muerte y succionado hasta dejarlos sin cabeza en la guerra en que habían vuelto a esclavizarlos. Eran bajorrelieves infames, producto de pesadillas, aunque narraran episodios antiquísimos, pues ningún ser humano debiera ver a los shogoths y sus obras, ni criatura alguna debiera representarlos con imágenes. El demente autor del *Necronomicón* había tratado de afirmar bajo juramento que ninguno se había engendrado en este planeta, y que solamente soñadores toxicómanos los habían imaginado. ¡Protoplasma informe capaz de adoptar y reproducir todas las formas, órganos y procesos, aglutinaciones viscosas de células burbujeantes, grandes esferoides elásticos, infinitamente dúctiles y plásticos, esclavos de la sugestión, constructores de ciudades, cada vez más sombríos, cada vez más inteligentes, cada vez más anfibios y más miméticos! ¡Dios mío! ¿Qué clase de demencia induciría a aquellos Primordiales blasfemos a utilizar y plasmar semejantes seres?

Fue entonces cuando Danforth y yo vimos aquella negra mucosa de brillo reciente y de luminosos reflejos que se pegaba espesamente a los cuerpos descabezados tornando el ambiente horriblemente apestoso con aquel nuevo y misterioso hedor cuyo origen solamente una mente enferma podía imaginar, aquella mucosa que se pegaba a los cuerpos y brillaba menos espesamente en un trozo de la pared esculpida de nuevo con una serie de puntos agrupados, fue entonces cuando comprendimos lo que era el terror cósmico en toda su imposible profundidad. No fue el miedo a aquellos cuatro seres que faltaban, pues sospechábamos demasiado que no volverían a hacer daño. ¡Pobres diablos! Al fin y al cabo no eran seres malignos en su especie. Eran los hombres de otra era y de otro orden de cosas. La naturaleza les había gastado una broma diabólica —como se la gastará a otros cualesquiera cuya locura, dureza de sentimientos o crueldad lleve en lo sucesivo a excavar en aquel terrible desierto polar, muerto o dormido—. Aquel fue su funesto destino. Ni siquiera habían sido salvajes, pues ¿qué habían hecho? Aquel asombroso despertar en el frío de una época desconocida, tal vez la acometida de una manada de cuadrúpedos peludos ladrando con furia y una aturdida defensa contra ellos y los igualmente frenéticos simios blancos con extrañas envolturas y utensilios... ¡Pobre Lake, pobre Gedney... y pobres Primordiales! Científicos hasta el final. ¿Qué hicieron ellos que no hubiéramos hecho nosotros en su lugar? ¡Santo Dios, qué inteligencia y qué tenacidad! ¡Qué manera de luchar con lo increíble, igual que aquellos antepasados y parientes suyos que se habían enfrentado también con cosas casi igualmente extrañas! Animales radiados, plantas, monstruos, semilla de estrellas, no sé qué habían sido, pero ahora eran hombres.

Habían atravesado las congeladas cumbres en cuyas templadas laderas se habían entregado tiempo atrás al culto, las mismas cuestas que habían recorrido antaño entre helechos arbóreos. Habían hallado su ciudad muerta inmóvil bajo el peso de la maldición y habían interpretado el relato esculpido de sus tiempos postreros, como habíamos hecho nosotros. Habían tratado de llegar hasta congéneres vivos en profundidades míticas de una negrura jamás vista, y ¿qué habían encontrado? Todo esto pensábamos Danforth y yo mientras observábamos aquellas formas descabezadas y cubiertas de viscosidad para mirar después las tallas y los crueles grupos de puntos frescos en la pared, y al mirar comprendimos lo que debió de triunfar y sobrevivir en las profundidades de la colosal ciudad acuática de aquel abismo sumido en una noche eterna y rodeado de pingüinos, del que comenzaba a subir una rizada y siniestra neblina blanca como respondiendo al grito nervioso de Danforth.

El asombro que había supuesto reconocer la monstruosa viscosidad y la decapitación de aquellos seres nos había dejado a los dos convertidos en inmóviles y mudas estatuas, y solamente en el curso de conversaciones posteriores descubrimos la idéntica naturaleza de nuestros pensamientos en aquellos momentos. Nos pareció haber permanecido allí durante milenios, pero en realidad no fueron más de unos quince segundos. Aquella pálida y odiosa neblina ascendía rizándose como impulsada por algún volumen más alejado que también avanzaba, y luego llegó el sonido que desordenó gran parte de lo que acabábamos de decidir y, al hacerlo, nos libró del embrujo y nos permitió recorrer alocadamente, entre desconcertados pingüinos que no cesaban de graznar, el camino de regreso a la ciudad a través de pasadizos megalíticos sumergidos en el hielo, hasta llegar al gran espacio circular abierto y luego subir por la arcaica rampa en espiral para tratar de salir frenéticamente al aire puro de fuera y a la luz del exterior.

El nuevo sonido a que me he referido desbarató, como he mencionado, buena parte de lo que habíamos decidido: porque fue lo que la disección del infeliz Lake nos había inducido a atribuir a los que dábamos por muertos. Era, me dijo Danforth después, justamente lo mismo que él había oído de forma enormemente apagada cuando se hallaba en aquel lugar de más allá del recodo del callejón situado por encima del nivel helado, y, desde luego, recordaba con estremecimiento los silbidos del viento que los dos habíamos oído en torno a las altas cuevas de las montañas. A riesgo de parecer inocente, añadiré algo más, aunque no sea más que por la sorprendente forma en que las impresiones de Danforth conectaron con las mías. Claramente, la lectura de los mismos libros fue lo que nos preparó para llegar a tales interpretaciones, aunque Danforth ha apuntado algunas raras ideas acerca de fuentes sorprendentes y prohibidas que Poe pudo consultar cuando escribió su *Arthur Gordon Pym* hace ya un siglo. Se recordará que en esa fantástica narración hay una palabra de significado inédito, pero terrible y prodigioso, una palabra relacionada con la Antártida y que gritan perpetuamente las gigantescas aves de fantasmal blancura en el centro de esa malévola región. «Tekeli-li! Tekeli-li!»

Eso fue exactamente, lo reconozco, lo que nos pareció pronunciaba aquel repentino ruido tras la blanca neblina que avanzaba, aquel maligno silbido musical que se dejaba oír abarcando una amplia escala.

Antes de que se oyeran tres notas, o tres sílabas, ya corríamos desesperadamente, aunque sabíamos que la rapidez de los Primordiales permitiría a cualquier sobreviviente de la matanza que, avisado por el grito, pudiera perseguirnos, damos alcance en un instante si deseaba hacerlo. Teníamos una tenue esperanza, sin embargo, de que un comportamiento pacífico por nuestra parte y el mostrar una razón parecida a la suya, podía inducir a un ser de esa naturaleza a perdonarnos la vida en caso de captura, aunque no fuera más que por curiosidad científica. Después de todo, si no veía nada que temer, no tendría motivo para hacernos daño. Sea como fuere ocultarnos habría resultado inútil en aquella situación, enfocamos hacia atrás el rayo de la linterna mientras corríamos, con lo que vimos que la neblina se iba haciendo más tenue. ¿Veríamos al fin un ejemplar completo y vivo de aquellos «otros»? Una vez más llegó a nuestros oídos aquel silbido obsesivo y musical: «Tekeli-li! Tekeli-li!»

Como advirtiéramos entonces que le íbamos ganando terreno a nuestro perseguidor, se nos ocurrió que quizás estuviese herido. Pero no podíamos arriesgarnos, pues estaba claro que venía tras de nosotros en respuesta al grito de Danforth y no porque huyera de ninguna otra criatura. El tiempo corría muy rápido para dudar. Donde pudiera encontrarse aquel otro ser de pesadilla, menos concebible y menos mencionable, aquella masa apestosa nunca vista que vomitaba viscoso protoplasma, cuya raza había conquistado el abismo y había expulsado a los colonizadores de la Tierra forzándolos a cavar de nuevo y a arrastrarse por las guaridas de las montañas, no podíamos imaginarlo siquiera y nos causó un verdadero remordimiento dejar a aquel Primordial, posiblemente malherido y quizás único superviviente, a merced de una nueva captura y una suerte innombrable.

Gracias a Dios no flaqueamos en nuestra carrera. La rizada neblina había vuelto a espesarse y avanzaba a mayor velocidad, en tanto que los pingüinos descarriados graznaban a espaldas nuestras y gritaban dando muestras de un pánico extraordinario si teníamos en cuenta la escasa confusión que mostraron cuando los adelantamos. Una vez más recorrió aquel siniestro silbido la extensa escala de su música: «Tekeli-li, Tekeli-li.» Nos habíamos equivocado. Aquel ser no estaba herido, sino que se había detenido al hallar los cuerpos de sus parientes caídos y la diabólica inscripción viscosa encima de ellos. Nunca sabríamos qué mensaje demoníaco sería aquel, pero los entierros en el campamento de Lake nos habían indicado la tremenda importancia que daban a sus muertos. La linterna tan descuidadamente utilizada, nos mostraba al frente la gran cueva en que convergían varias galerías, y celebramos perder de vista aquellas morbosas tallas que casi sentíamos incluso cuando apenas las veíamos.

Otro pensamiento que nos inspiró la aparición de la cueva fue la posibilidad de despistar a nuestro perseguidor en el laberinto casi infinito de galerías. Había en el espacio abierto varios pingüinos ciegos, y resultaba evidente que su miedo del ente que se acercaba era extremado hasta el punto de no ser explicable. Si reducíamos la luminosidad de la linterna hasta dejar solamente la luz necesaria para caminar, y la manteníamos fija delante de nosotros, los movimientos y los desacompasados graznidos atemorizados de aquellas enormes aves sumidas en la neblina, tal vez sofocaran el ruido de nuestros pasos, ocultando nuestro verdadero trayecto y creando de alguna forma una pista falsa. En medio de las inquietas volutas de bruma y de sus rizadas espirales, el deslustrado suelo cubierto de cascotes del túnel principal a partir de aquel punto, en oposición a las otras galerías absurdamente pulidas, no podía distinguirse con facilidad ni siquiera, por lo que nos era dado conjeturar, para los sentidos especiales que hacían que los Primordiales pudieran prescindir de la luz, aunque solo parcialmente, en casos de emergencia. De hecho, teníamos cierto recelo de extraviarnos con las prisas, pues habíamos decidido, naturalmente, seguir derechos hacia la ciudad muerta, ya que las consecuencias de perdernos en aquellas desconocidas celdas de las montañas serían terribles.

El hecho de que sobreviviéramos y saliéramos al exterior es prueba suficiente de que aquel ser se equivocó de túnel en tanto que nosotros dimos providencialmente con el correcto. Los pingüinos por sí solos no hubieran podido protegernos, pero en conjunción con la neblina parece que lo consiguieron. Nuestra buena estrella mantuvo las espirales de neblina lo bastante espesas en el momento crítico, pues estaban siempre excitadas y amenazando con desvanecerse totalmente. Y, en efecto, así lo hicieron durante un segundo antes de que saliéramos del repugnante túnel dos veces tallado y llegáramos a la caverna, de tal manera que únicamente percibimos durante un instante, y solo a medias, el ser que nos perseguía, al lanzar una última y angustiosa mirada hacia atrás antes de apagar la linterna y de mezclarnos con los pingüinos con la expectativa de escapar a su persecución. Si la estrella que nos ocultó fue benigna, la que nos permitió ver a duras penas aquella criatura fue infinitamente cruel, pues a esa relampagueante visión se debe la mitad del horror que nos acosa desde entonces.

Lo que nos hizo volver la vista atrás fue el instinto primigenio que impulsa al perseguido a investigar la naturaleza y rumbo del cazador, o, tal vez, un intento automático de responder a una pregunta subconsciente programada por uno de nuestros sentidos. En medio de nuestra huida, con todas nuestras facultades centradas en el problema de cómo huir, no nos encontrábamos en condiciones de analizar y observar los detalles, pero, aun así, las células latentes del cerebro debieron asombrarse ante el mensaje que les transmitía nuestro olfato. Más tarde entendimos en qué consistía ese mensaje: que nuestra huida de la capa de viscosidad apestosa que cubría aquellos obstáculos acéfalos, y la paralela aproximación del ser que nos perseguía, no había supuesto un cambio de hedores como por lógica cabía esperar. Junto a los que yacían en tierra había predominado aquella fetidez inexplicable y nueva, pero ahora esta debía haber dado paso al hedor anónimo asociado con los otros seres. Tal sustitución no había tenido lugar; por el contrario, la nueva fetidez era ahora menos soportable por estar casi sin diluir, y con cada segundo que pasaba se hacía más insistente y ponzoñosa.

Así pues, volvimos la vista atrás al parecer al mismo tiempo, aunque sin duda el incipiente movimiento del uno provocó el del otro, y al hacerlo apuntamos con la luz de las linternas la neblina, entonces más sutil, guiados por el ansia originaria de ver todo lo posible, o por el deseo, aunque menos primitivo pero igualmente inconsciente, de deslumbrar a nuestro perseguidor antes de apagar las linternas y escabullirnos entre los pingüinos del laberinto que se abría ante nosotros. ¡Qué desventurada acción! Ni el mismo Orfeo, ni la esposa de Lot, pagaron mucho más cara una mirada atrás. Y de nuevo oímos aquellas terroríficas notas de gaita que recorrían una extensa escala: «Tekeli-li, Tekeli-li...»

Más vale que hable con franqueza, aunque me siento incapaz de hacerlo con claridad, al decir qué es lo que vimos, si bien en aquel momento pensamos que nunca lo aceptaríamos, ni siquiera el uno al otro. Las palabras que alcanzarán al lector no podrán ni siquiera dar una idea de la espantable naturaleza de lo que distinguimos. Invalidó tan totalmente nuestra capacidad de discernimiento que me maravilla que mantuviéramos juicio suficiente para apagar las linternas, como habíamos decidido hacer, y correr por el túnel que conducía a la ciudad muerta. Debió ser el instinto lo que nos sacó del peligro tal vez mejor de lo que hubiera podido hacer el raciocinio, aunque si fue eso lo que nos salvó, pagamos un alto precio por ello. Desde luego, juicio no nos quedaba mucho.

Danforth estaba totalmente trastornado y lo primero que recuerdo del resto de nuestro recorrido es el canturreo maquinal de mi compañero, su retahíla incoherente en la cual, solamente yo entre todos los seres humanos, podía hallar algo que no fuera inoportuna demencia. Resonaba con ecos gangosos entre los graznidos de los pingüinos, reverberando en las bóvedas más apartadas y en las desiertas galerías que, por suerte, habíamos dejado atrás. No comenzó a tararear inmediatamente, o de lo contrario no hubiéramos estado vivos y corriendo como locos. Tiemblo al pensar en la diferencia que nos hubiera supuesto una reacción levemente distinta por su parte.

South Station... Washington... Park Street... Kendall... Central... Harvard... El pobrecillo recitaba los nombres de las estaciones del suburbano de Boston a Cambridge que atravesaba las tranquilas tierras de la patria, a millares de leguas de distancia, en Nueva Inglaterra, y, sin embargo, para mí, tal discurso ni resultaba incoherente ni me traía recuerdos del hogar, pues reconocía en ella con absoluta certidumbre la monstruosa, la abominable analogía que la había sugerido. Habíamos esperado ver al volver la cabeza, si la neblina se había diluido lo bastante, un ser aterrador e increíble en movimiento. Nos habíamos formado una idea clara acerca de aquel ente. Pero lo que pudimos observar, pues, para colmo de males, la neblina efectivamente se había despejado, fue algo completamente diferente e imposiblemente más horrendo y detestable. Aquello era la encarnación real de «lo que no debe ser» del autor de novelas fantásticas, y la analogía que más se acerca a su realidad es un enorme tren subterráneo tal como se le ve a su llegada desde el andén de una estación; la negra y voluminosa parte delantera surgiendo colosalmente de la infinita distancia subterránea, constelada de lucecillas de colores y llenando el prodigioso agujero como llena un émbolo un cilindro.

Pero no nos encontrábamos en un andén del metro. Estábamos en medio de la vía mientras aquella maleable columna de negra y fétida iridiscencia de pesadilla, destilando apretadamente contra las paredes del túnel, avanzaba por el recodo de cinco metros de anchura, cobrando una velocidad infernal y empujando ante ella una vorágine de borrosos vapores emanados del abismo. Era un algo indescriptible, terrible, mayor que cualquier tren subterráneo, un conjunto informe de protoplasma burbujeante, sutilmente luminoso y con miríadas de efímeros ojos que se formaban y desvanecían continuamente como pústulas de luz verdosa cubriendo totalmente el frente que llenaba el túnel y que estaba a punto de abalanzarse sobre nosotros aplastando en su camino a los pingüinos y resbalando sobre el reluciente suelo que, junto con sus congéneres, había limpiado diligentemente de toda clase de basura. Aún volvió a oírse aquel grito sobrenatural y burlón: «Tekeli-li, Tekeli-li.» Y fue entonces cuando recordamos al fin que los satánicos shogoths, dotados por los Primordiales de vida, capacidad mental y diversas configuraciones de órganos maleables, pero carentes de lenguaje hablado, excepto aquel que expresaban los grupos de puntos, carecían también de voz, exceptuando los sonidos que imitaban de sus extintos amos.

Danforth y yo recordamos haber salido al gran hemisferio adornado con esculturas y haber recorrido el camino de vuelta a través de colosales espacios y corredores de la ciudad muerta; mas son estos meros fragmentos de sueños que no suponen recuerdos de voluntad, ni de detalles, ni de esfuerzo físico. Era como si nos halláramos flotando en un mundo nebuloso, o en dimensiones carentes de tiempo, orientación o causalidad. La penumbra gris del gran espacio circular nos tranquilizó algo, pero no nos acercamos a los trineos escondidos, ni volvimos a mirar al desdichado Gedney ni al perro. Los dos tienen una extraña y titánica tumba, y espero que cuando le llegue el fin a este planeta nada haya perturbado su paz.

Fue mientras subíamos estrepitosamente por la colosal espiral cuando sentimos por primera vez, al respirar el sutil aire de la meseta, la fatiga terrible y el ahogo que nos había causado aquella carrera, pero ni siquiera el temor a un colapso pudo persuadirnos a detenernos antes de llegar a los normales dominios exteriores del sol y del cielo. Hubo algo apropiado en nuestro abandono de aquellas sepultadas eras, pues según subíamos jadeantes por la rampa del cilindro de treinta metros y arquitectura más que extraordinaria, vimos al pasar una continua procesión de magníficas tallas plasmadas con la técnica depurada anterior a la decadencia de la raza desaparecida, un adiós de los Primordiales tallado hacía cincuenta millones de años.

Al salir finalmente por la parte superior, nos hallamos sobre un gran montón de piedras desmoronadas, con las paredes curvilíneas de otras estructuras más altas elevándose al oeste, y las taciturnas cumbres de las grandes montañas surgiendo a lo lejos, sobre las edificaciones más derruidas que se veían hacia el Este. El bajo sol antártico de media noche asomaba rojizo al sur por encima del horizonte mirándonos a través de ruinas agrietadas, y la desmedida antigüedad y falta de vida de aquella ciudad de pesadilla parecían más crudas en oposición a cosas relativamente conocidas y habituales, como los detalles del paisaje polar. Arriba, el cielo, era una masa agitada y opalescente de tenues vapores helados, y el frío nos desgarraba las entrañas. Soltamos cansadamente las bolsas del equipo, a las que nos habíamos aferrado de forma instintiva durante nuestra huida desesperada, y nos abotonamos las ropas de abrigo con vistas a la bajada del escabroso montículo de piedras y al recorrido a través del antiquísimo laberinto pétreo hasta las laderas en que nos aguardaba el aeroplano. De lo que nos había hecho huir de aquella arcaica y secreta oscuridad de la Tierra, nada dijimos.

En menos, de un cuarto de hora encontramos la cuesta empinada —probablemente antigua escalinata— que conducía a las ramificaciones y por la cual habíamos bajado, y pudimos ver el bulto oscuro del aeroplano entre las ruinas desperdigadas por la pendiente que teníamos delante. Como a medio camino, nos detuvimos unos segundos para recobrar el aliento, y volvimos la cabeza para contemplar una vez más el desordenado y fantástico conjunto de pétreas siluetas que se veían a nuestros pies, recortadas enigmáticamente una vez más contra un occidente inexplorado. Al hacerlo, vimos que el cielo del fondo había perdido la neblina de la mañana; los volátiles vapores del hielo habían ascendido hasta el cénit, en donde sus siluetas burlonas parecían estar a punto de formar algún dibujo que temieran definir de forma concluyente.

Se revelaba ahora en el lejano horizonte blanco de más allá de la grotesca ciudad una tenue y difusa línea de picos color violeta cuyas afiladas cumbres se elevaban como en un sueño contra el cautivador color rosa del cielo occidental. Hacia la altura de este estremecido borde, ascendía gradualmente la inmemorial meseta, y el hundido cauce del río desaparecido la cruzaba serpeando como irregular cinta de sombra. Durante un momento admiramos, conteniendo el aliento, la cósmica belleza sobrenatural del espectáculo, y luego un vago miedo comenzó a apoderarse de nosotros. Pues aquel lejano contorno violáceo no podía ser sino las terribles montañas de la tierra prohibida; y las más altas cimas de la Tierra y el centro de todo el mal terrestre; la morada de horrores sin nombre y de secretos arcaicos, rehuidos y respetados por quienes temían descubrir su significado; lugares nunca hollados por ningún ser vivo terrenal, pero visitados por siniestras luminosidades y transmisores de extraños haces de luz a través de las planicies en la noche polar; sin duda alguna, el desconocido arquetipo del temido Kadath en el Helado Desierto de más allá de la despreciada Leng a la que aluden evasivamente los meros mitos legendarios.

Si los mapas y los bajorrelieves de aquella ciudad prehumana no mentían, aquellas misteriosas montañas color violeta no podían hallarse a una distancia muy inferior a los cuatrocientos kilómetros, y, sin embargo, su apagada y hechizada silueta se recortaba con total pureza por encima del nevado y remoto borde, como el filo serrado de un monstruoso y extraño planeta a punto de ascender hacia cielos desacostumbrados. Su altura tenía que ser, por tanto, tremenda e incomparable, llevándolas hasta débiles estratos atmosféricos solamente poblados por espíritus incorpóreos, de los cuales algunos osados aviadores han podido hablar apenas entre susurros después de haber conservado milagrosamente la vida tras caídas inexplicables. En tanto que las miraba, pensé con inquietud en ciertas esculpidas insinuaciones acerca de lo que el gran río desaparecido había arrastrado hasta la ciudad desde sus laderas malditas, y me pregunté en qué proporción estarían representadas la razón y la insensatez en el miedo de los Primordiales que tan suspicaces se mostraban de esculpirlas. Recordé que su extremo septentrional tenía que estar próximo a la tierra de la Reina María, donde en aquellos instantes la expedición de sir Douglas Mawson estaría trabajando probablemente a una distancia de menos de mil seiscientos kilómetros de donde me hallaba, y deseé que ningún desventurado accidente permitiera a sir Douglas y a sus hombres columbrar lo que pudiera haber más allá de la guardiana cordillera de la costa. Estos pensamientos dan una idea del estado de inquietud nerviosa en que me hallaba; y Danforth parecía estar aun peor.

Sin embargo, mucho antes de dejar atrás las ruinas en forma de estrella y de llegar junto al aeroplano, nuestros miedos pasaron a centrarse en la cadena inferior, pero suficientemente erguida, que tendríamos que cruzar. Desde aquellas laderas, las que se elevaban negras y cubiertas de ruinas, pavorosas y desnudas, contra el Este, volvían a recordarnos las extrañas pinturas asiáticas de Nicholas Roerich; y cuando pensamos en los horribles entes amorfos que podían haber ascendido reptando y esparciendo su olor hasta lo más alto de los agujereados pináculos, no pudimos evitar estremecernos ante la perspectiva de sobrevolar de nuevo aquellas bocas de cueva abiertas al cielo en las que el vendaval gemía con malignos silbidos musicales que cubrían una escala de enorme alcance. Y para empeorar las cosas, divisamos claras señales de niebla en torno a varias de las cumbres, como debió verlas el desgraciado Lake cuando se confundió al tomarlas por volcanes, y pensamos agitados en aquella otra neblina de la que acabábamos de escapar, en aquella neblina y también en el diabólico abismo, generador de horrores, del que procedían todos aquellos vapores.

Todo estaba correcto en el aeroplano. Nos vestimos torpemente las gruesas pieles de vuelo. Danforth puso en marcha el motor sin dificultad, despegamos con suavidad y volamos por encima de aquella ciudad maldita. Bajo nosotros, los monumentales edificios arcaicos aparecían desperdigados como los vimos la primera vez; comenzamos a ganar altura y a virar para probar el viento antes de enfilar la garganta. A grandes alturas debía haber una gran perturbación atmosférica, pues las nubes de polvo de hielo del cénit se encrespaban formando toda clase de figuras extrañas; pero a siete mil metros, la altura que necesitábamos alcanzar para pasar por el desfiladero, encontramos condiciones de vuelo favorables. Al aproximarnos a las afiladas cumbres, volvimos a oír los extraños silbidos del viento, y vi que las manos de Danforth trepidaban sobre las palancas de mando. Aunque un simple aficionado, pensé que en aquel momento tal vez fuera yo mejor que él para pilotar el aeroplano al cruzar la cordillera volando en la vecindad de aquellas cúspides, y cuando le hice señas para que cambiáramos de asiento, Danforth no protestó. Traté de poner en práctica toda mi escasa destreza y el control de mí mismo y dirigí la mirada hacia el trozo de cielo rojizo que asomaba por entre las paredes del desfiladero negándome con decisión a prestar atención a los jirones de niebla de las cumbres, y deseando tener taponados los oídos, como los marineros de Ulises al pasar cerca de la costa de las sirenas, para no oír los amenazadores silbidos del viento.

Pero Danforth, relevado de su tarea como piloto y excitado peligrosamente, no podía estarse quieto. Sentí cómo se volvía una y otra vez para mirar hacia atrás, a la aterradora ciudad que se iba quedando atrás; hacia delante en dirección a las cumbres horadadas por las cuevas y a los cubos que se adherían a ellas como moluscos; hacia un lado para contemplar el adusto mar de laderas salpicadas de fortalezas; y hacia arriba, para mirar al cielo en que hervían nubes de grotesca configuración. Fue entonces, en el momento en que yo trataba de cruzar sin peligro la garganta, cuando sus gritos de locura estuvieron a punto de provocar un desastre al hacerme perder el control de los mandos y manejarlos torpemente durante unos segundos. Un segundo más tarde, venció mi decisión y atravesamos la garganta sin novedad, pero temo que Danforth ya nunca vuelva a ser el de antes.

He dicho que Danforth se negó a decirme qué último horror le hizo gritar tan insensatamente, horror que, estoy seguro de ello, es el principal responsable de su crisis nerviosa actual. Conversamos a gritos a ratos, dominando los silbidos del viento y el ruido del motor, una vez que logramos llegar al otro lado de la cordillera y fuimos bajando lentamente camino del campamento, pero tales retazos de conversación trataron principalmente sobre las promesas que habíamos hecho de guardar el secreto al dejar aquella ciudad muerta de pesadilla. Habíamos convenido en que había ciertas cosas que el público no debía conocer ni comentar a la ligera, y no discutiría ahora de ellas si no fuera por la necesidad de hacer abortar la expedición de Starkweather Moore y otras expediciones, cueste lo que cueste. Es totalmente necesario para la paz y la seguridad de la humanidad que algunos rincones muertos y oscuros, algunas profundidades inescrutables de la Tierra, no sean perturbados, no sea que ciertas adormecidas anomalías recobren vida activa y ciertas obscenas supervivencias salgan reptando de sus oscuras guaridas para lanzarse a mayores y nuevas conquistas.

Todo cuanto Danforth ha sugerido es que aquel horror final no fue sino un espejismo. Dice que nada tuvo que ver con los cubos y cavernas de aquellas montañas atravesadas por innumerables agujeros hechos como por gusanos, de aquellas montañas de la locura, plagadas de ecos y vapores, que habíamos cruzado, sino que fue una visión diabólica y única de lo que había cerca de aquellas otras montañas del oeste, de color violeta y coronadas por bullentes nubes, montañas que los Primordiales habían evitado y temido. Es muy factible que todo ello fuera una pura ilusión nacida de la tensión que habíamos padecido y del espejismo producido el día anterior cerca del campamento de Lake, cuando vimos, sin poder reconocerla, la ciudad muerta del otro lado de la cordillera, pero para Danforth fue tan real que todavía sufre su influencia.

En raros momentos susurra incoherentes frases y carentes de sentido relativas a «la sima negra», «el borde tallado», «los proto shogoths», «los cuerpos sólidos sin ventanas y de cinco dimensiones», «el cilindro sin nombre», «el Faro anterior», «Yog-sothoth», «la primigenia gelatina blanca», «el color llegado del espacio», «las alas», «los ojos de la oscuridad», «la escala lunar», «lo original, lo eterno, lo inmortal», y otras extrañas concepciones, pero cuando recobra el dominio de sí mismo por completo, lo niega todo culpando a sus extrañas y macabras lecturas de años anteriores. Danforth es, en efecto, uno de los pocos que se han aventurado a leer, de la primera a la última, las páginas carcomidas del ejemplar del *Necronomicón* que se guarda bajo llave en la biblioteca de la Universidad.

A gran altitud, cuando atravesamos la cordillera, el cielo se mostraba con claridad enormemente perturbado y corrompido por vapores extraños, y, aunque no vi bien el cénit, puedo suponer que los remolinos de polvo congelado pudieron llegar a formar extrañas siluetas. La imaginación, conocedora de lo vivas que pueden ser las escenas distantes al reflejarse, refractarse y ampliarse a veces en tales capas de provocadoras nubes, bien pudo hacer el resto, y, lógicamente, Danforth no insinuó ninguno de estos horrores hasta después de que su conocimiento pudo inspirarse una vez más en pasadas investigaciones. No es posible que le fuera dado ver tanto con tan solo una ojeada fugaz.

Por entonces todos sus delirios no pasaban de repetir una insensata y única palabra, de origen más que obvio: «Tekeli-li, Tekeli-li.»

La Ciudad sin Nombre

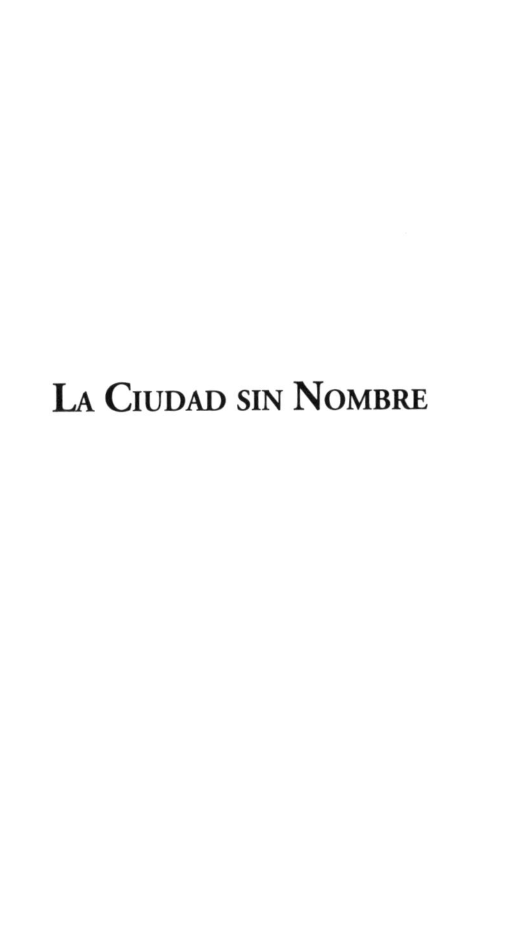

Al aproximarme a la ciudad sin nombre comprendí que estaba maldita. Avanzaba por un reseco y terrible valle bajo la luz de la luna, y la vi a lo lejos, germinando de las arenas tenebrosamente, como aflora parcialmente un cadáver de una sepultura deshecha. El terror hablaba desde las desgastadas piedras de esta decrépita superviviente del diluvio, de esta pariente ancestral de la pirámide más antigua; y un aura invisible me ahuyentaba y me ordenaba a retroceder ante siniestros y antiguos secretos que ningún hombre debía mirar, ni nadie habría osado a examinar.

Olvidada en el desierto de Arabia se encuentra la ciudad sin nombre, desmembrada y ruinosa, con sus muros bajos semienterrados en las arenas milenarias. Así debía estar ya, antes de que colocaran en Menfis las primeras piedras, y aun cuando de Babilonia no se habían cocido los ladrillos. No hay leyendas tan remotas que guarden su nombre o la recuerden llena de vitalidad; pero se habla de ella con temor alrededor de las hogueras, y las abuelas murmuran en las tiendas de los jeques sobre ella también, de modo que todas las tribus la evitan sin saber muy bien el motivo. Esta fue la ciudad con la que el poeta demente Abdul Alhazred soñó la noche antes de cantar su verso inexplicable:

«Que no está muerto lo que yace eternamente
y con el paso de los eones, aun la muerte puede morir»

Yo debía haber sabido que los árabes tenían sus razones para evitar la ciudad sin nombre, la ciudad de la que se habla en relatos extraños, pero que no ha visto ningún hombre vivo; sin embargo, desafiándolos, penetré en el desierto inescrutable con mi camello. Solo yo la he visto, y por eso no existe en el mundo otro rostro que ostente las horrendas arrugas que el miedo ha marcado en el mío, ni se estremezca de forma tan terrible cuando el viento de la noche hace retemblar las ventanas. Cuando la descubrí, en la aterradora quietud del sueño interminable, me miró temblorosa por los rayos de una luna fría en medio del calor del desierto. Y al devolverle yo su mirada, olvidé el júbilo de haberla descubierto, y me detuve con mi camello a esperar el amanecer.

Esperé cuatro horas, hasta que el oriente se volvió gris, se apagaron las estrellas, y el gris se convirtió en una claridad rosácea orlada de oro. Oí un gemido, y vi que se agitaba una tormenta de arena entre las piedras antiguas, aunque el cielo estaba claro y las interminables extensiones del desierto permanecían silentes. Y de repente, por el borde lejano del desierto, surgió el canto resplandeciente del sol, a través de una minúscula tormenta de arena pasajera; y en mi estado febril imaginé que de alguna remota profundidad brotaba un estrépito de música metálica saludando al disco de fuego como Memnon lo saluda desde las orillas del Nilo. Y me resonaban los oídos, y la imaginación me bullía, mientras conducía mi camello lentamente por la arena hasta aquel lugar innominado; lugar que, de todos los hombres vivos, únicamente yo he llegado a ver.

Y vagué entre los cimientos de las casas y de los edificios, sin encontrar relieves ni inscripciones que hablasen de los hombres —si es que fueron hombres— que habían construido esta ciudad y la habían habitado hacía muchísimo tiempo. La antigüedad del lugar era enferma, por lo que deseé fervientemente descubrir algún signo o clave que probara que había sido hecha efectivamente por seres humanos. Había ciertas dimensiones y proporciones en las ruinas que me producían desasosiego. Llevaba conmigo numerosas herramientas, y cavé mucho entre los muros de los olvidados edificios; pero mis progresos eran lentos y nada de importancia aparecía. Cuando la noche y la luna volvieron de nuevo, el viento frío me trajo un nuevo temor, de forma que no me atreví a quedarme en la ciudad. Y al salir de los antiguos muros para descansar, una pequeña tormenta de arena se levantó a mis espaldas, soplando entre las piedras grises, a pesar de que brillaba la luna, y casi todo el desierto permanecía inmóvil.

Al amanecer desperté de una cabalgata de pesadillas horribles, y me resonó en los oídos como un tañido metálico. Vi asomar el sol rojizo entre las últimas ráfagas de una pequeña tormenta de arena que flotaba sobre la ciudad sin nombre, haciendo más evidente la quietud del paisaje. Una vez más, me interné en las lúgubres ruinas que abultaban bajo las arenas como un ogro bajo su colcha, y de nuevo cavé en vano en busca de reliquias de la olvidada raza. A mediodía descansé, y dediqué la tarde a señalar los muros, las calles olvidadas y los contornos de los edificios casi desaparecidos. Observé que la ciudad había sido en efecto poderosa, y me pregunté cuáles pudieron ser los orígenes de su grandeza. Me recordaba al esplendor de una edad tan remota que Caldea no podría recordarla, y pensé en Sarnath la Predestinada, ya existente en la tierra de Mnar cuando la humanidad era todavía joven, y en Ib, excavada en la piedra gris antes del surgimiento de los hombres.

De repente, llegué a un lugar donde la roca del subsuelo emergía de la arena formando un acantilado bajo y vi con alegría lo que parecía prometer nuevos rastros del pueblo antediluviano. Toscamente talladas en la cara del acantilado, aparecían las inequívocas fachadas de varios edificios pequeños o templos bajos, cuyos interiores conservaban quizá numerosos secretos de edades imposiblemente lejanas; aunque las tormentas de arena habían borrado hacía tiempo los relieves que indudablemente exhibieron en su exterior.

Las oscuras aberturas próximas a mí eran muy bajas y estaban tapadas por las arenas; pero limpié una de ellas con la pala y me introduje a gachas, llevando una antorcha que me revelase los misterios que hubiese. Una vez en el interior, vi que la caverna era en efecto un templo, y descubrí claros signos de la raza que había vivido y practicado su religión antes de que el desierto fuese desierto. No faltaban altares primitivos, pilares y nichos, todo singularmente bajo; y aunque no veía frescos ni esculturas, había muchas piedras extrañas, claramente talladas en forma de símbolos por algún medio artificial. Era muy extraña la baja altura de la cámara cincelada, ya que apenas me permitía estar de rodillas; pero el recinto era tan grande que la antorcha revelaba una parte solamente. Algunos de los últimos rincones me producían miedo; ya que determinados altares y piedras sugerían olvidados ritos de naturaleza repugnante e inexplicable que hicieron que me preguntase qué clase de hombres podían haber construido y frecuentado semejante templo. Cuando hube visto todo lo que contenía el lugar, salí gateando otra vez, ansioso por averiguar lo que pudieran revelarme los templos.

La noche se estaba acercando; pero las cosas tangibles que había visto hacían que mi curiosidad fuese más fuerte que mi temor, y no huí de las largas sombras lunares que me habían intimidado la primera vez que vi la ciudad sin nombre. En el crepúsculo, limpié otra abertura; y encendiendo una nueva antorcha me introduje a rastras por ella, y descubrí más piedras y símbolos enigmáticos; pero todo era tan vago como en el otro templo. El recinto era igual de bajo, aunque bastante menos amplio, y terminaba en un estrecho pasadizo en el que había oscuros y misteriosos nichos. Y me encontraba examinando estos nichos cuando el ruido del viento y mi camello turbaron la paz, y me hicieron salir a ver qué había asustado al animal.

La luna brillaba intensamente sobre las ruinas primitivas, iluminando una densa nube de arena que parecía producida por un viento fuerte, aunque decreciente, que soplaba desde algún lugar del acantilado que tenía ante mí. Sabía que era este viento frío y arenoso lo que había asustado al camello, y estaba a punto de llevarlo a un lugar más protegido, cuando alcé los ojos por casualidad y vi que no soplaba viento alguno en lo alto del acantilado. Esto me dejó asombrado, y me produjo miedo otra vez; pero inmediatamente recordé los vientos locales y súbitos que había observado anteriormente durante el amanecer y el crepúsculo, y pensé que era algo normal. Supuse que provenía de alguna grieta de la roca que comunicaba con alguna cueva, y me puse a observar el remolino de arena a fin de localizar su origen; no tardé en descubrir que salía de un orificio negro de un templo bastante más al sur de donde yo estaba, casi fuera de mi vista. Eché a andar contra la nube sofocante de arena, en dirección a ese templo, y al acercarme descubrí que era más grande que los demás, y que su entrada estaba bastante menos obstruida por arena endurecida. Habría entrado, de no ser por la terrible fuerza de aquel viento frío que casi apagaba mi antorcha. Brotaba furioso por la oscura puerta suspirando misteriosamente mientras agitaba la arena y la esparcía por entre las ruinas espectrales. Poco después empezó a amainar, y la arena se fue calmando poco a poco, hasta que finalmente todo quedo inmóvil otra vez; pero una presencia parecía acechar entre las piedras fantasmales de la ciudad, y cuando alcé los ojos hacia la luna, me pareció que temblaba como si se reflejara en la superficie de unas aguas trémulas. Me sentía más asustado de lo que podía explicarme, aunque no lo bastante como para reprimir mi sed de milagros; así que tan pronto como el viento se calmó, crucé el umbral y me introduje en el oscuro recinto de donde había brotado el viento.

Este templo, como había deducido desde el exterior, era el más grande de cuantos había visitado hasta el momento; probablemente era una cueva natural, ya que lo recorrían vientos que procedían de alguna región interior. Aquí podía estar completamente de pie; pero vi que las piedras y los altares eran tan bajos como los de los otros templos. En los muros y en el techo observé por vez primera rastros del arte pictórico de la antigua raza, curiosas rayas onduladas hechas con una pintura que casi se había borrado o descascarillado; y en dos de los altares vi con creciente agitación un laberinto de relieves curvilíneos bastante bien trazados. Al alzar en alto la antorcha, me pareció que la forma del techo era quizá demasiado regular para que fuese natural, y me pregunté qué prehistóricos escultores habrían trabajado en este lugar. Su habilidad técnica debió de ser descomunal.

Luego, un súbito fogonazo de la caprichosa antorcha me reveló lo que había estado buscando: el acceso a aquellos abismos más remotos de los que había brotado el viento inesperado; sentí un desvanecimiento al descubrir que se trataba de una puerta pequeña, artificial, labrada en la roca sólida. Metí la antorcha por ella, y vi un túnel negro de techo bajo y abovedado que se curvaba sobre un tramo descendente de burdos escalones, muy pequeños, numerosos y empinados. Siempre veré esos peldaños en mis sueños, ya que llegué a saber lo que significaban. En aquel momento no sabía si considerarlos peldaños o únicamente apoyos para salvar una pendiente demasiado pronunciada. La cabeza me daba vueltas, agobiada por locos pensamientos, y parecieron llegarme flotando las palabras y advertencias de los profetas árabes, a través del desierto, desde las tierras que los hombres conocen a la ciudad sin nombre que no se atreven a conocer. Pero nada más vacilé un momento, antes de cruzar el umbral y empezar a bajar con precaución por el empinado pasadizo, con los pies por delante, como por una escalera de mano.

Solo en los terribles desvaríos del delirio o de la droga puede un hombre haber efectuado un descenso como el mío. El estrecho pasadizo bajaba interminable como un pozo terriblemente fantasmal, y la antorcha que yo sostenía por encima de mi cabeza no alcanzaba a iluminar las ignoradas profundidades hacia las que descendía. Perdí la noción de las horas y olvidé consultar mi reloj, aunque me asusté al pensar en la distancia que debía de estar recorriendo. Había giros y cambios de pendiente; una de las veces llegué a un corredor largo, bajo y horizontal, donde tuve que arrastrarme por el suelo rocoso con los pies por delante, sosteniendo la antorcha cuanto daba de sí la longitud de mi brazo. No había suficiente altura para permanecer de rodillas. Después, me encontré con otra escalera empinada, y seguí bajando sin descanso mientras mi antorcha se iba debilitando poco a poco, hasta que se apagó. Creo que no me di cuenta en ese instante, porque cuando lo noté, aún la sostenía por encima de mí como si me siguiera alumbrando. Me tenía completamente perturbado esa pasión por lo extraño y lo desconocido que me había convertido en un errante en la tierra y un frecuentador de lugares remotos, prohibidos y antiguos.

En la oscuridad, me venían al pensamiento súbitos fragmentos de mi estimado tesoro de saber demoníaco: frases del árabe loco Alhazred, párrafos de las pesadillas apócrifas de Damascius, y sentencias infames del delirante *Image du Monde* de Gauthier de Metz. Repetía citas extrañas y musitaba cosas sobre Afrasiab y los demonios que bajaban flotando con él por el Oxus; más tarde, recité una y otra vez la frase de uno de los relatos de Lord Dunsany: «La sorda negrura del abismo». En un momento en que el descenso se volvió asombrosamente pronunciado, repetí con voz queda un pasaje de Tomás Moro, hasta que tuve miedo de recitarlo más:

Un pozo de tinieblas negro
tomo un caldero de brujas, lleno
De drogas lunares en eclipse destiladas
Al inclinarme a mirar si podía bajar el pie
Por ese abismo, vi, abajo,
Hasta donde alcanzaba la mirada,
Negras Paredes lisas como el cristal
Recién acabadas de pulir,
Y con esa negra pez que el Trono de la Muerte
Derrama por sus bordes viscosos.

El tiempo había cesado su existencia por completo cuando mis pies tocaron nuevamente un suelo horizontal, y llegué a un recinto algo más alto que los dos templos anteriores que, ahora, estaban a una distancia incalculable, por encima de mí. Ponerme de pie era casi imposible, pero podía enderezarme arrodillado; y en la oscuridad, me arrastré de un lado para otro al azar. No tardé en darme cuenta que me encontraba en un estrecho pasadizo en cuyas paredes se alineaban numerosos estuches de madera con el frente de cristal. El descubrir en semejante lugar paleozoico y abismal objetos de cristal y madera pulimentada me produjo un escalofrío, dadas sus posibles implicaciones. Al parecer, los estuches estaban ordenados a lo largo del pasadizo a intervalos regulares, y eran elípticos y horizontales, espantosamente parecidos a ataúdes por su forma y tamaño. Cuando traté de mover un par, a fin de examinarlos, descubrí que estaban firmemente sujetos.

Comprobé que el pasadizo era largo y seguí adelante con velocidad, emprendiendo una carrera a cuatro patas que habría parecido horrorosa de haber habido alguien observándome en la oscuridad; de vez en cuando me desplazaba a un lado y a otro para tocar mis alrededores y asegurarme de que los muros y las filas de estuches seguían todavía. El hombre está tan habituado a pensar visualmente que casi me olvidé de la oscuridad, representándome el interminable corredor monótonamente cubierto de madera y cristal como si lo viese. Y entonces, en un segundo de emoción indescriptible, lo vi.

No sé exactamente cuándo lo imaginado se fundió con la realidad; pero surgió paulatinamente un resplandor delante de mí, y de repente me di cuenta de que veía los oscuros contornos del corredor y los estuches a causa de alguna desconocida fosforescencia subterránea. Durante un momento todo fue exactamente como yo lo había imaginado, ya que era muy débil la claridad; pero al avanzar maquinalmente hacia la luz cada vez más fuerte, descubrí que lo que yo había imaginado era muy débil. Esta sala no era una reliquia rudimentaria como los templos de arriba, sino un monumento de un arte de lo más exótico y magnífico. Ricos y vívidos y audazmente fantásticos dibujos y pinturas componían una decoración mural continua cuyas líneas y colores superarían toda descripción. Los estuches eran de una madera curiosamente dorada, con un frente de exquisito cristal, y contenían los cuerpos momificados de unas criaturas que superarían en grotesca fealdad los sueños más caóticos del hombre.

No es posible dar una idea de estas monstruosidades. Era de naturaleza reptil con unos rasgos corporales que unas veces recordaban al cocodrilo, otras a la foca, pero más frecuentemente a seres que naturalistas y paleontólogos no han conocido nunca. Tenían más o menos el tamaño de un hombre bajo, y sus extremidades anteriores estaban dotadas de unas zarpas delicadas claramente parecidas a las manos y los dedos humanos. Pero lo más extraño de todo eran sus cabezas, cuyo contorno transgredía todos los principios biológicos conocidos. No hay nada a lo que aquellas criaturas se puedan comparar con propiedad... vagamente, pensé en seres tan diversos como el gato, el perro dogo, el mítico sátiro y el hombre. Ni el propio Júpiter tuvo una frente tan enorme y protuberante; sin embargo, los cuernos, la carencia de nariz y la mandíbula de caimán, les situaba fuera de toda categoría establecida. Durante un momento dudé de la realidad de las momias, casi inclinándome a suponer que se trataba de ídolos artificiales; pero no tardé en convencerme de que eran efectivamente especies paleógenas que habían existido cuando la ciudad sin nombre estaba viva. Como para rematar el carácter grotesco de sus naturalezas, la mayoría estaban suntuosamente vestidas con tejidos costosos y lujosamente cargadas de adornos de oro, joyas y metales brillantes y desconocidos.

La importancia de estas criaturas reptiles debió de ser inmensa, ya que estaban en primer plano, entre los extravagantes motivos de los frescos que decoraban las paredes y los techos. El artista las había retratado con inigualable habilidad en su propio mundo, en el cual tenían ciudades y jardines trazados según su tamaño; y no pude por menos de pensar que su historia representada era alegórica, revelando quizá el progreso de la raza que las adoraba. Estas criaturas, me decía, debían de ser para los habitantes de la ciudad sin nombre lo que fue la loba para Roma, o los animales totémicos para una tribu de indios.

Siguiendo esta teoría, pude descifrar de manera rápida una épica asombrosa de la ciudad sin nombre: la crónica de una poderosa metrópoli costera que gobernó el mundo antes de que África surgiera de las olas, y de sus luchas cuando el mar se retiró y el desierto invadió el fértil valle que la mantenía. Vi sus guerras y sus triunfos, sus tribulaciones y derrotas, y después, su terrible lucha contra el desierto, cuando miles de sus habitantes —representados aquí alegóricamente como reptiles grotescos— se vieron forzados a abrirse camino hacia abajo, excavando la roca de alguna forma prodigiosa, en busca del mundo del que les habían hablado sus profetas. Todo era misteriosamente realista y vívido; y su conexión con el impresionante descenso que yo había efectuado era innegable. Incluso reconocía los pasadizos.

Al avanzar por el corredor hacia la luz más brillante, vi nuevas etapas de la narración representada: la despedida de la raza que había habitado la ciudad sin nombre y el valle hacía unos diez millones de años; la raza cuyas almas se negaban a abandonar los escenarios que sus cuerpos habían conocido durante tanto tiempo, en los que se habían asentado como nómadas durante la juventud de la tierra, tallando en la roca virgen aquellos santuarios en los que no habían dejado de practicar sus cultos religiosos. Ahora que había más luz, pude examinar las pinturas con más detalle; y recordando que los extraños reptiles debían de representar a los hombres desconocidos, pensé en las costumbres reinantes en la ciudad sin nombre. Había demasiadas cosas inexplicables. La civilización, que incluía un alfabeto escrito, había llegado a alcanzar, al parecer, un grado superior al de aquellas otras inmensamente posteriores de Egipto y de Caldea; aunque noté omisiones curiosas. Por ejemplo, no pude descubrir ninguna representación de la muerte o de las costumbres funerarias, salvo en las escenas de guerra, de violencia o de plagas; así que me preguntaba por qué esta reserva respecto de la muerte natural. Era como si hubiesen guardado un ideal de inmortalidad como una esperanzadora ilusión.

Más cerca del final del pasadizo había pintadas escenas de máxima extravagancia y exotismo: vistas de la ciudad sin nombre que ahora contrastaban por su vacío y su ruina creciente, y de un extraño y nuevo reino paradisíaco hacia el que la raza se había abierto camino con sus cinceles a través de la piedra. En estas imágenes, la ciudad y el valle desierto aparecían siempre a la luz de la luna, con un halo dorado flotando sobre los muros derruidos y medio revelando la espléndida perfección de los tiempos anteriores, fantasmalmente insinuada por el artista. Las escenas paradisíacas eran casi demasiado excéntricas para que resultaran creíbles, retratando un mundo oculto de luz eterna, lleno de ciudades gloriosas y de montes y valles sublimes. Al final, me pareció ver signos de un declive artístico. Las pinturas se volvieron mucho más extrañas y menos hábiles, incluso más disparatadas que las primeras. Parecían reflejar una lenta decadencia de la antigua estirpe, a la vez que una creciente ferocidad hacia el mundo exterior del que les había arrojado el desierto. Las formas de las gentes —siempre simbolizadas por los reptiles sagrados— parecían ir extinguiéndose gradualmente, aunque su espíritu, al que mostraban flotando por encima de las ruinas bañadas por la luna, aumentaba en proporción. Unos sacerdotes flacos, representados como reptiles con atuendos ornamentales, maldecían el aire de la superficie y a cuantos seres lo respiraban; y en una terrible escena final se veía a un hombre de aspecto primitivo —quizás un pionero de la antigua Irem, la Ciudad de los Pilares—, en el momento de ser despedazado por los miembros de la raza anterior. Recuerdo el temor que la ciudad sin nombre inspiraba a los árabes, y me alegré de que más allá de este lugar, los muros grises y el techo estuviesen desprovistos de pinturas.

Mientras contemplaba el desfile de la historia mural, me fui acercando al final del recinto de techo bajo, hasta que descubrí una entrada de la cual subía la luminosa fosforescencia. Me arrastré hasta ella, y dejé escapar un alarido de eterno asombro ante lo que había al otro lado; pues en lugar de descubrir nuevas cámaras más iluminadas, me asomé a un infinito vacío de uniforme resplandor, como supongo que se vería desde la cumbre del monte Everest, al contemplar un mar de neblina iluminada por el sol. Detrás de mí había un pasadizo tan angosto que no me permitía ponerme en pie; delante, tenía un infinito de subterráneo brillo.

Del pasadizo al abismo descendía un empinado tramo de escaleras —de peldaños pequeños y numerosos, como los de los oscuros pasadizos que había recorrido—; aunque unos pies más abajo los ocultaban los vapores luminosos. Abatida contra el muro de la izquierda, había abierta una pesada puerta de bronce, decorada con fantásticos bajorrelieves e increíblemente gruesa, capaz de aislar todo el mundo interior de luz, si se cerraba, respecto de las bóvedas y pasadizos de roca. Miré los peldaños, y de momento, me atemorizó descender por ellos. Tiré de la puerta de bronce, pero no pude moverla. Luego me tumbé boca abajo en el suelo de losas, con la mente inflamada en prodigiosas reflexiones que ni siquiera el mortal agotamiento podía disipar.

Mientras estaba tendido, con los ojos cerrados y pensando con libertad, me volvieron a la conciencia muchos detalles que había observado de pasada en los frescos con un significado nuevo y terrible; escenas que representaban la ciudad sin nombre en su esplendor, la vegetación del valle que la rodeaba, y las tierras distantes con las que sus mercaderes comerciaban. La iconografía de las criaturas reptantes me desconcertaba por su distinción universal, y me asombraba que permaneciese con tanta insistencia en una historia de tal importancia. En los frescos se representaba la ciudad sin nombre guardando la debida proporción con los reptiles. Me preguntaba cuáles serían sus proporciones reales y su magnificencia, y medité un momento sobre determinadas peculiaridades que había notado en las ruinas. Me parecía extraña la poca altura de los templos primitivos y del corredor del subsuelo, tallado indudablemente por deferencia a las deidades reptiles que ellos adoraban; aunque, evidentemente, obligaban a los adoradores a reptar. Quizá los mismos ritos requerían esta imitación de las criaturas adoradas. Sin embargo, ninguna teoría religiosa podía explicar por qué los pasadizos horizontales que se intercalaban en ese espantoso descenso eran tan bajos como los templos... o más, puesto que no era posible permanecer siquiera de rodillas. Al pensar en las criaturas reptiles, cuyos espantosos cuerpos momificados tenía tan cerca de mí, sentí un nuevo sobresalto de horror. Las asociaciones de la mente son siempre extrañas; y me empequeñecí ante la idea de que, salvo el pobre hombre primitivo despedazado de la última pintura, la mía era la única forma humana, en medio de las numerosas reliquias y símbolos de vida primitiva.

Pero en mi errante y extraña existencia, el asombro siempre se imponía a mis miedos; pues el abismo luminoso y lo que podía contener planteaban un problema valiosísimo para el más grande explorador. No había la menor duda de que al pie de aquella escalera de peldaños singularmente pequeños había un mundo extraño y misterioso, y esperaba encontrar allí los vestigios humanos que las pinturas del corredor no me habían podido ofrecer. Los frescos representaban ciudades y valles increíbles de esta región baja, y mi imaginación se demoraba en las ricas ruinas que me esperaban.

Mis temores, en efecto, se relacionaban más con el pasado que con el futuro. Ni siquiera el terror físico de mi situación en aquel angosto corredor de reptiles muertos y frescos milenarios, millas por debajo del mundo que yo conocía, y ante ese otro mundo de luces y brumas espectrales, podía compararse con el temor que sentía ante la antigüedad abismal del escenario y de su espíritu. Una antigüedad tan inmensa que empequeñecía todo cálculo parecía mirar de soslayo desde las rocas primordiales y los templos tallados de la ciudad sin nombre, mientras que los últimos mapas asombrosos de los frescos mostraban océanos y continentes que el hombre ha olvidado, cuyos contornos eran vagamente familiares. Nadie sabía qué podía haber sucedido en las edades geológicas ya que las pinturas se interrumpían, y la resentida y rencorosa raza había sucumbido a la decadencia. En otro tiempo, estas cavernas y la luminosa región que se abría más allá habían hervido de vida; ahora, me encontraba solo entre estas reliquias, y temblaba al pensar en los incontables siglos durante los cuales dichas reliquias habían mantenido una vigilia abandonada y muda.

De pronto, me invadió nuevamente aquel agudo horror que me asaltaba de vez en cuando desde que había visto el terrible valle y la ciudad sin nombre bajo la luna fría; y a pesar de mi cansancio, me sorprendí a mí mismo incorporándome frenéticamente, y mirando hacia el oscuro corredor, hacia los túneles que subían al mundo exterior. Me dominó el mismo sentimiento que me había hecho abandonar la ciudad sin nombre por la noche, y que era tan inexplicable como urgente. Un momento después, sin embargo, sufrí una impresión aún mayor en forma de un ruido definido: el primero que quebraba el absoluto silencio de estas profundidades funerarias. Fue un gemido bajo, profundo, como de una multitud lejana de espíritus condenados; y provenía del lugar hacia donde yo miraba. El rumor fue creciendo velozmente, y no tardó en resonar de forma espantosa por el bajo pasadizo. Al mismo tiempo, tuve conciencia de una corriente de aire frío, cada vez más fuerte, idéntica a la que brotaba de los túneles y barría la ciudad. El contacto de ese viento pareció devolverme el equilibrio, porque en ese instante recordé las ráfagas súbitas que se levantaban en torno a la entrada del abismo en el amanecer y el crepúsculo, una de las cuales, efectivamente, me había revelado los túneles secretos. Consulté mi reloj y vi que faltaba poco para amanecer, así que me preparé para resistir la ventisca que regresaba a su caverna, del mismo modo que había salido al atardecer. Mi temor disminuyó otra vez, ya que un fenómeno natural tiende a disipar las conjeturas sobre lo desconocido.

Cada vez entraba con más fuerza el aullante y quejumbroso viento nocturno, precipitándose en el abismo subterráneo. Me dejé caer boca abajo de nuevo, y me agarré vanamente al suelo, temiendo que me arrastrara por la puerta y me precipitara en el abismo fosforescente. No me había esperado una furia semejante; y al darme cuenta de que, en efecto, me iba deslizando por el suelo hacia el abismo, me asaltaron miles de nuevos terrores imaginarios. La malignidad de aquella corriente despertó en mí increíbles figuraciones; una vez más me comparé, con un estremecimiento, a la única imagen humana del espantoso corredor, al hombre despedazado por la desconocida raza; porque los zarpazos demoníacos de los torbellinos parecían contener una furia vengativa tanto más fuerte cuanto que me sentía casi impotente. Cerca del final, creo que grité de pavor —casi enloquecido—; si fue así, mis gritos se perdieron en aquella babel infernal de aulladores espíritus. Traté de retroceder arrastrándome contra el torrente invisible y homicida, pero no podía afianzarme siquiera, y seguía siendo arrastrado lenta e inevitablemente hacia el mundo desconocido. Por último, se me debió de trastornar la razón, y empecé a balbucear, una y otra vez, aquel inexplicable dístico del árabe loco Abdul Alhazred, que soñó con la ciudad sin nombre:

«Que no está muerto lo que yace eternamente,
Y con el paso de los evos, aun la muerte puede morir».

Solo los toscos y severos dioses del desierto saben lo que ocurrió de verdad; qué forcejeos y luchas sostuve en la oscuridad, o qué Abaddón me guió de nuevo a la vida, donde siempre habré de recordar, y estremecerme, cuando sopla el viento de la noche, hasta que el olvido o algo peor me reclame. Fue inmenso, antinatural, monstruoso... muy lejos de cuanto el hombre pueda imaginar, salvo en las primeras horas silenciosas y detestables de la madrugada, cuando uno no puede dormir.

He dicho que la furia del viento era infernal —cacodemoníaca—, y que sus voces eran horrorosas a causa de una perversidad reprimida durante una desolación eterna. Luego, estas voces, aunque delante de mí seguían siendo desordenadas, imaginó mi cerebro delirante que asumían forma articulada detrás; y allá en la tumba de unas antigüedades muertas hacía innumerables eras, leguas debajo del mundo diurno del ser humano, oí horribles gruñidos de demonios y maldiciones de extrañas lenguas. Al volverme, vi recortarse contra el vacío luminoso del abismo lo que no podía verse en la oscuridad del corredor: una horda horrenda de seres que se precipitaban, de distorsionados demonios semitransparentes por el odio, grotescamente vestidos, y pertenecientes a una raza que nadie habría podido confundir jamás: la de las criaturas reptiles de la ciudad sin nombre.

Cuando se detuvo la ventisca, me rodeó la negrura más absoluta del interior de la tierra; porque detrás de la última de las criaturas, la enorme puerta de bronce se cerró de golpe con un ensordecedor estruendo de música metálica cuyos ecos subieron hasta el mundo distante para saludar al sol que salía, como lo saluda Memnón desde las orillas del Nilo.

Los Gatos de Ulthar

Se cuenta que en Ulthar, que se halla pasando el río Skai, ningún gato puede morir a manos de un hombre; y sin dudas lo puedo creer mientras observo al que descansa ronroneando frente a la hoguera. Porque el gato es misterioso, y cercano a esas cosas sorprendentes que el hombre no puede ver. Es el espíritu del antiguo Egipto, y el cuidador de historias de ciudades olvidadas en Meroe y Ophir. Es familia de los señores de la selva, y heredero de los secretos de la siniestra y remota África. La Esfinge es su prima, y él habla su idioma; pero es más viejo que la Esfinge y recuerda aquello que ella no puede recordar.

En Ulthar, antes de que los ciudadanos prohibieran la matanza de los gatos, vivía un campesino viejo y su esposa, quienes se recreaban en atrapar y matar a los gatos de los vecinos. Por qué razón lo hacían, no lo sé; aunque muchos odian la voz del gato en la noche, y no les parece bien que los gatos corran furtivamente por patios y jardines al atardecer. Pero cualquiera fuera la razón, este viejo y su mujer se deleitaban verdaderamente capturando y asesinando a cada gato que se acercara a su cabaña; y, a partir de los ruidos que se escuchaban después de anochecer, varios lugareños imaginaban que la forma de asesinarlos era extremadamente peculiar. Pero los aldeanos no discutían estas cosas con el viejo y su mujer; debido a la expresión constante de sus rostros marchitos, y porque su cabaña era tan pequeña y estaba tan tenebrosamente escondida bajo unos desparramados robles en un descuidado patio trasero. La verdad era, que por más que los dueños de los gatos odiaran a estas personas extrañas, les tenían más temor; y, en vez de confrontarlos como brutales asesinos, solamente tenían cuidado de que ninguna mascota o ratonero apreciado, fuera a desviarse hacia la remota cabaña, bajo los oscuros árboles. Cuando por algún inevitable descuido algún gato era perdido de vista, y se oían ruidos después de caída la noche, el perdedor se lamentaría impotente; o se consolaría agradeciendo al Destino que no era uno de sus hijos el que de esa forma había desaparecido. Pues la gente de Ulthar era simple, y no sabía de dónde vinieron todos los gatos.

Un día, una caravana de peregrinos extraños procedentes del Sur entró a las estrechas y empedradas calles de Ulthar. Aquellos peregrinos eran oscuros, y diferentes a los otros vagabundos que pasaban por la ciudad dos veces al año. En el mercado daban la fortuna a cambio de plata, y compraron alegres cuentas a los mercaderes. Cuál era la tierra de estos peregrinos, nadie sabía decirlo; pero se les vio entregados a oraciones extravagantes, y que habían pintado en los costados de sus carretas extrañas figuras, de cuerpos humanos con cabezas de gatos, águilas, carneros y leones. Y el líder de la caravana llevaba un tocado con dos cuernos, y un curioso disco entre los cuernos.

En esta curiosa caravana había un pequeño niño aparentemente huérfano, y con solo un gatito negro para cuidar. La plaga no había sido generosa con él, pero le había dejado esta pequeña y peluda cosa para atenuar su dolor; y cuando uno es muy joven, puede encontrar un gran alivio en las vivaces travesuras de un gatito negro. De esta manera, el niño, al que la gente oscura llamaba Menes, sonreía con más frecuencia de lo que lloraba mientras se sentaba a jugar con su gatito gracioso en los escalones de un carro pintado de extraña manera.

Durante la tercera mañana de estadía de los viajeros en Ulthar, Menes no pudo encontrar a su gatito; y mientras lloriqueaba en voz alta en el mercado, ciertos aldeanos le relataron la historia del viejo y su mujer, y de los ruidos escuchados por la noche. Y al escuchar esto, su llanto dio paso a la reflexión, y finalmente a la oración. Estiró sus brazos hacia el sol y rezó en un idioma que ningún aldeano pudo comprender; aunque no se esforzaron mucho en hacerlo, pues su atención fue absorbida por el cielo y por las extrañas formas que las nubes estaban asumiendo. Esto era muy curioso, pues mientras el pequeño niño pronunciaba su petición, parecían formarse arriba las figuras oscuras y difusas de cosas exóticas; de criaturas híbridas coronadas con discos de costados astados. La naturaleza está llena de ilusiones como esa para impresionar a la persona imaginativa.

Aquella noche los peregrinos dejaron Ulthar, y no fueron vistos nunca más. Y los dueños de la casa se preocuparon al darse cuenta de que en toda la villa no había ningún gato. De cada hogar el gato de la familia se había desvanecido; los gatos pequeños y los grandes, grises, negros, rayados, amarillos y blancos. Kranon el Anciano, el alcalde, juró que los viajeros oscuros se había llevado a los gatos como venganza por la muerte del gatito de Menes, y procedió a maldecir a la caravana y al pequeño niño. Pero Nith, el notario, declaró que el viejo campesino y su esposa eran quizá los más sospechosos; pues su odio por los gatos era famoso y descarado con creces. Pese a esto, nadie osó quejarse ante la dupla siniestra, a pesar de que Atal, el hijo del posadero, atestiguó que había visto a todos los gatos de Ulthar al atardecer en aquel patio maldito bajo los árboles. Caminaban en círculos solemne y lentamente alrededor de la cabaña, dos en una línea, como realizando algún rito de las bestias, del que nada se ha oído. Los aldeanos no supieron cuánto creer de un niño tan pequeño; y aunque temían que el malvado par había llevado a los gatos hacia su muerte, preferían no confrontar al viejo campesino hasta encontrárselo afuera de su repelente y oscuro patio.

De este modo Ulthar se durmió en un enfado inútil; y cuando la gente despertó al día siguiente ¡he aquí que cada gato estaba de vuelta en su acostumbrado fogón! Grandes y pequeños, grises, negros, rayados, amarillos y blancos, ninguno faltaba. Aparecieron gordos y muy brillantes, y ruidosos con satisfacción. Los ciudadanos comentaban entre ellos sobre el suceso, y se maravillaban considerablemente. Kranon el Anciano nuevamente insistió en que era la gente siniestra quien se los había llevado, puesto que los gatos no volvían con vida de la cabaña del viejo y su mujer. Pero todos quedaron de acuerdo en una cosa: que la negación de todos los gatos a comer sus porciones de carne o a beber de sus platillos de leche era extremadamente rara. Y durante dos días completos los gatos de Ulthar, brillantes y lánguidos, no tocaron su comida, sino que solo dormitaron ante el fuego o bajo el sol.

Pasó una semana completa antes de que los aldeanos notaran que, en la cabaña bajo los árboles, no se encendían luces al atardecer. Luego, el notario Nith recalcó que nadie había contemplado al viejo y a su mujer desde la noche en que los gatos estuvieron fuera. La semana siguiente, el alcalde decidió vencer sus miedos y llamar a la silenciosa cabaña, como un asunto del deber, aunque fue cuidadoso de llevar consigo, como testigos, a Shang, el herrero, y a Thul, el cortador de piedras. Y cuando hubieron echado abajo la puerta frágil solo hallaron lo siguiente: dos esqueletos humanos limpiamente descarnados sobre el suelo de tierra, y una variedad de singulares insectos arrastrándose por las esquinas sombrías.

Después hubo mucho que hablar entre los ciudadanos de Ulthar. Zath, el forense, discutió largamente con Nith, el notario; y Kranon y Shang y Thul fueron inundados con preguntas. Incluso el pequeño Atal, el hijo del posadero, fue interrogado detenidamente y, como recompensa, le dieron fruta confitada. Hablaron del viejo campesino y su esposa, de la caravana de peregrinos siniestros, del pequeño Menes y de su gatito negro, de la oración de Menes y del cielo misterioso durante aquella plegaria, de los actos de los gatos la noche en que se fue la caravana, o de lo que luego se halló en la cabaña bajo los árboles, en aquel repugnante patio.

Y, en conclusión, los ciudadanos aprobaron aquella extraordinaria ley, la que es contada por los mercaderes en Hatheg y discutida por los viajeros en Nir, a saber, que en Ulthar ningún gato puede morir a manos de un hombre.

Índice

Estudio Preliminar 3

En las Montañas de la Locura 7

I... 9

II 22

III... 46

IV... 60

V 71

VI... 87

VII 97

VIII 109

IX... 120

X 134

La Ciudad sin Nombre 163

Los Gatos de Ulthar................................ 183